Das Geheimnis der Boreas Oase

und

Marias Hochzeit

Andreas Dresen

Das Geheimnis der Boreas-Oase

„Ich habe lange auf dich gewartet, doch du bist nicht gekommen." Henry ließ den Brief sinken, den sein Vater ihm hinterlassen hatte.

Mit einem lauten Kreischen stoben die schwarzen Vögel in die Luft, als der Leichenbestatter den Kofferraum seines Wagens schloss. Kurz darauf quälte sich der Wagen über die steinerne Piste, die von diesem entlegenen Ort in der Wüste Nevadas zurück in die Zivilisation führte. Henry stand auf der Veranda und schaute den Vögeln nach, die dem Wagen noch eine Weile folgten, als würden sie seinem Vater das letzte Geleit geben. Doch als das Fahrzeug in der Staubwolke am Horizont verschwand, waren die dunklen Vögel schon wieder zu ihm zurückgekehrt. Henry sah die große Antenne im Vorgarten und zögerte den Moment hinaus, in dem er wieder in das kleine Haus hinein gehen musste. Der Caravan, in dem sein Vater gelebt hatte, war nicht viel mehr als ein rostiger Haufen Blech, doch die Funkanlagen, die er dort gesammelt und instand gehalten hatte, waren auf dem neuesten Stand.

Henry ließ sich auf einen wackeligen, alten Stuhl sinken, der auf der überdachten Veranda stand und griff in seine Tasche. Hervor zog er ein in Packpapier geschlagenes kleines Päckchen, welches er mit dem Brief neben seinem Vater gefunden hatte, als er an diesem Morgen angekommen war. Der Wind blies den heißen Sand über die Weite und Henry musste kurz die Augen schließen. Inzwischen stand die Sonne schon wieder tiefer am Himmel, und trotz der Hitze spürte Henry den Abend kommen. Es würde noch eine Weile hell bleiben, dachte er, solange will ich hier draußen bleiben. "Für Henry" stand auf dem Brief.

Er überlegte kurz, weil er nicht genau wusste, wie alt sein Vater geworden war. Er selbst war nun fast Sechzig, dann musste sein Vater weit über siebzig, eher achtzig Jahre alt gewesen sein.

Henry wog das Paket in der Hand, es war schwer und fühlte sich fest an. Dann nahm er den Brief und begann erneut ihn zu lesen

„Lieber Henry,

ich habe lange auf dich gewartet, aber du bist nicht gekommen. Eigentlich wollte ich dir diese Geschichte persönlich erzählen, aber ich spüre, dass meine Zeit knapp wird, darum wage ich es nicht, länger zu warten. Die Vögel werden zudringlicher, sie spüren mein nahendes Ende, und dass ich mich nicht mehr richtig gegen sie wehren kann.

Ich will die ganze Angelegenheit nun aufschreiben, damit du verstehst, worum ich dich am Ende des Briefes bitten möchte.

Bitte glaube mir, dass es mir damals sehr Leid getan hat, zu hören, dass deine Mutter verhaftet worden ist. Doch ich hatte getan was ich konnte, um ihr zu helfen. Ich glaube, dass die Vorwürfe gegen sie haltlos waren, aber mir waren die Hände gebunden. Was hätte ich auch gegen ihre Hinrichtung tun können? Ich musste mich verstecken, bin lange im Land umhergereist, habe Briefe nie direkt verschickt, sondern immer über Mittelsmänner, denen ich vertraut habe. Wenn ich so darüber nachdenke, glaube ich auch, dass das ein Grund ist, warum dich mein letzter Brief nun auch nicht mehr rechtzeitig erreicht hat. Irgendjemand wird zu lange gewartet haben, den Brief weiterzuschicken. Wir müssen alle Opfer bringen. Ich habe mein Leben lang auf der Flucht vor den Schatten meiner Vergangenheit gelebt. Aber glaube mir, nicht aus Selbstsucht, weil ich Angst vor Vergeltung oder Rache hätte, nein. Es stand viel mehr auf dem Spiel, ich glaube, nicht zu übertreiben, wenn ich sage, das Schicksal der ganzen Menschheit hing von mir ab. Doch ich will nicht vorgreifen, Henry, alle deine Fragen sollen nun beantwortet werden.

Im Frühjahr 1947 war ich an Bord einer Douglas C-47 R4D-5 unterwegs. Ich saß am Fenster des Flugzeugs und starrte hinab auf die unendliche Weite dieser lebensfeindlichen Welt der Antarktis. Obwohl ich in einem modernen Flieger saß, fror ich bitterlich. Mein Atem kondensierte in der Luft. Immer wieder blickte ich hinab, so fasziniert war ich von der glitzernden, abwechslungsreichen Schnee- und Eiswüste unter mir. Lange Kufen waren unter den Rumpf der zweimotorigen Maschine montiert worden, damit es in der Lage war überall auf diesem Kontinent sicher zu landen und zu starten.

„Verdammte Kälte", murrte der Mann neben mir. Arnold Rosstein, der sich mit mir schon durch ganz Europa gekämpft hatte, hatte sich dick in seinen Parka eingemummelt und fluchte an einem Stück. Er war der Geologe in unserem Team. Ich glaube, in seinen Adern floss flüssiger Sprengstoff, so versiert war er in dieser Materie. Und doch war er der kühlste und klügste Kopf der ganzen Mannschaft. In den Sitzreihen hinter mir regte es sich ebenfalls.

„Eine schöne Expedition ist das", maulte Erin Murphy, der dunkelhaarige Soldat. „Neuseeland hatte man mir versprochen. Inseln und das Meer. Und jetzt so was. Eis und Schnee wohin man nur schaut."

„Freuen sie sich doch", sagte ich. „Sie nehmen an der größten militärischen Expedition teil, die die Antarktis je gesehen hat."

„Das interessiert mich nicht", jammerte er. „Landvermessung. Was soll hier schon vermessen werden. Hier gibt es nichts! Nur endlose, weiße Weite, Pinguine und diese komischen schwarzen Vögel."

„Ich dachte, wir suchen Hitler?" Jonny-Boy, der Benjamin der Truppe lehnte sich vor. In seinen Augen erkannte ich die Begeisterung darüber, dass er zu diesem Einsatz ausgesucht worden war. Ich seufzte. Geheimhaltung war offenbar auf dieser Mission zur Nebensache erklärt werden.

„Hitler ist tot", maulte Arnold. „Red nicht so einen Stuss. Es werden diese verdammten Kommunisten sein, die wir ausräuchern müssen, du wirst sehen. Die werden jetzt nach dem Krieg noch zu einer verdammten Plage, du wirst sehen."

Es wurde scheinbar Zeit, die Mannschaft über den Zweck unserer Reise zu informieren, bevor noch mehr Gerüchte in Umlauf gebracht wurden. Ich winkte die Teilnehmer der Aktion zu mir heran, damit ich nicht über das ständige Röhren der Propeller schreien musste. Wir waren eine kleine Mannschaft ausgewählter Spezialisten. Arnold Rosstein, aus Deutschland noch vor dem Krieg emigriert, war Geologe und Bergbauingenieur. Er hatte an der Universität zu Aachen studiert und war dann zu einem Fachmann für Minen, Stollen und Tunnel in unwegsamem Gelände geworden. Verschiedene Projekte in den Alpen und in Alaska gingen auf seine Kappe. Sprengstoff war, wie erwähnt, seine Passion.

Dann war da noch Erin Murphy. Dunkelhaarig und verschlossen wie er war, blühte er erst auf, wenn er seine Finger tief in die Eingeweide von ölverschmierten

Maschinen stecken konnte. Johnny-Boy war noch fast zu jung, um am Krieg teilzunehmen. Und doch war er hier und das verdankte er sicher seiner Fähigkeit, innerhalb von kürzester Zeit alles Neue in seiner Umgebung mit unglaublicher Geschwindigkeit zu verstehen und zu analysieren. Er war mir ein wenig unheimlich. Aber er war unser Funkspezialist. Sie alle unterstanden mir, einem einfachen Geheimagenten, mit einem klaren Ziel.

„Wie ihr alle wisst, ist es die Aufgabe der Operation Highjump, die Antarktis zu erkunden, Gebiete abzustecken und eine vorläufige Basis zu errichten. Die Welt ändert sich und die Vereinigten Staaten müssen sich gegen Angriffe aus allen Richtungen verteidigen. Angriffe gegen unseren Staat, die über die Polkappen geführt werden, sind zu befürchten. Doch die Errichtung der Eis-Basis „Little America IV", mit der die USA hoffen, diesen Gefahren zu begegnen, war nur das offizielle Ziel. Sie alle haben gemerkt, dass der Flugzeugträger „USS Philippine Sea, von dem wir gestartet sind, nicht auf direktem Weg zurück nach Wellington gefahren ist, wie es die anderen Schiffe wohl tun werden.

Grund dafür ist, dass in der Nähe des Weddell-Meeres von einem Aufklärungsflugzeug ein deutsches U-Boot gesichtet worden ist."

Sofort brach um mich herum ein Tumult los, den ich allerdings erwartet hatte. „Aber die Nazis haben kapituliert. Wieso sollte hier noch ein U-Boot von ihnen sein?" Rosstein brachte die Gedanken der meisten Männer in diesem Flugzeug auf den Punkt. „ Oder stecken da auch die Russen dahinter?"

„Na, die Deutschen haben Hitler hier versteckt", konterte Johnny-Boy, der wie immer schnell von Begriff war. „Eine Leiche wurde nie gefunden!"

„Oder sie planen etwas anderes. Den Nazis ist alles zuzutrauen", sagte ich. „Seit der Antarktisexpedition, die Kapitän Ritscher 1938 und 1939 kurz vor Ausbruch des Krieges hierher geführt hat, wird vermutet, dass die Deutschen hier, mitten im Nirgendwo eine geheime Basis errichtet haben. Obwohl Norwegen einen Anspruch auf die Region geltend macht, scheinen die Krauts hier immer weiter gearbeitet zu haben. Unsere Spionage hat Informationen über schweres Bergbaugerät erhalten, dass mitten im Krieg, im Schutze eines Rudels U-Boote, in die Antarktis gebracht wurde."

„Ein ganzes Wolfsrudel? Mitten im Krieg? Was kann so wichtig gewesen sein, so viele U-Boote einfach abzuziehen? Das konnte die sich doch gar nicht leisten." Johnny-Boy machte große Augen vor Aufregung.

„Eben", sagte Rosstein. „Das habe ich auch gehört. Und darum glaubt man, dass mit dem Bergbaugerät eine Basis in den Fels unter dem Eis getrieben wurde. Aber, wenn ihr mich fragt, ist das alles Humbug. Noch nicht mal die Nazis wären so meschugge, und würden einen solchen Unfug versuchen. Wahrscheinlich sind sie alle bei dem Versuch, die Maschinen an Land zu bringen, ersoffen oder erfroren. Ich glaube, wir werden eher ein paar Rote finden als auch nur einen erfrorenen Deutschen." Rosstein schnaubte, aber bevor ich weiter darauf eingehen konnte, wurde ich unterbrochen.

„Wir kommen bald in Sichtweite der Boreas-Oase. Zehn Minuten ungefähr", kam die Stimme aus dem Cockpit.

„Was ist das? Eine Oase? Palmen mitten im Eis?" Johnny-Boy lachte, als er diese Frage stellte. Rosstein bedeutete ihm zu schweigen, bevor er antwortete.

„Unsinn. Es gibt Orte im ewigen Eis, die

zu manchen Jahreszeiten nicht gefrieren und relativ warm bleiben. Zum Beispiel die Schirmacher-Oase, die der Pilot Richard-Heinrich Schirmacher entdeckt hat. Dort gibt es Seen, die im Antarktischen Sommer nicht gefrieren, obwohl die Umgebungstemperatur unter Null Grad Celsius liegt. Also rund 32 Grad Fahrenheit und weniger."

Johnny-Boy schüttelte sich. „Eine tolle Oase. Auf die kann ich verzichten."

„Sag das nicht", erwiderte ich. „Auch die Boreas-Oase ist damals entdeckt worden und erhielt den Namen des Flugbootes, mit dem die Deutschen hier unterwegs waren. Die Boreas war eine Dornier Do-J „Wal" und wurde mit Hilfe eines Dampfkatapults von ihrem Mutterschiff „Schwabenland" in die Luft befördert. Obwohl die ganze Welt die Nazis in der Schirmacher-Oase vermutet, glaube ich, dass genau das der Grund ist, warum man sie dort nicht finden wird. Die Boreas-Oase ist unser Ziel. Ich vermute, dass die Deutschen sich dort versteckt halten." Ich schaute in die Runde.

„Und das ist unser Job. Wir sollen den Stützpunkt finden, und ..."

In diesem Moment erschütterte das Flugzeug und die Motoren begannen aufzujaulen.

„Wir werden angegriffen", bemerkte Rosstein gefasst, während sich alle auf ihre Sitze flüchteten und mit den Gurten sicherten. Die DC-47 war inzwischen in einen Steilflug nach unten übergegangen.

„Ich glaube, wir sind getroffen", schrie Johnny-Boy, dessen Zuversicht mit einem Schlag verschwunden war.

Ich blickte aus dem Fenster und erschrak. Wenn ich nicht so viele Jahre in Arkham studiert hätte, hätte ich sicherlich meinen Augen nicht getraut. Doch so hatte ich mich vor dem Krieg lange genug mit den alten Schriften auseinander setzen können, um auch Dinge akzeptieren zu können, die der normale Mensch in unserer zivilisierten Welt erschüttert ablehnen würde. Ich blickte, halb entsetzt, halb fasziniert, wieder aus dem Fenster. In der eisig blauen Luft um die DC-47 kreisten in eigentlich unmöglicher Geschwindigkeit schwarze, längliche Objekte. Ihr glatter, zylindrisch angeordneter Körper drehte sich dabei leicht in der Luft, aus dem hinteren Teil des Rumpfs schossen jeweils ein Dutzend giftiger wirkender Tentakel. Wie Raubvögel umkreisten sie unser Flugzeug, das sich nach der ersten Attacke mit Müh und

Not wieder gefangen hatte und nun einen waagerechten Kurs flog.

„Was ist das?", hört ich Johnny-Boy rufen. Jetzt hatten auch die anderen die fliegenden Wesen entdeckt. Ich hörte sie stöhnen und entsetzt aufschreien.

„Flugkraken", sagte ich nur, mich an die Bezeichnung erinnernd, die ich in der Universitätsbibliothek in den alten Büchern gefunden hatte. Meine Jahre mit Professor Lang zahlten sich nun aus. In der Bibliothek von Arkham gab es Abteilungen, die dem Normalsterblichen nicht zugänglich waren – aus gutem Grund. Denn dort warteten im Dunkel der sicheren Mauern entsetzliche Schriften. Und der mächtigsten von ihnen, hatten unsere Studien gegolten: Dem Necronomicon. Dort hatte ich zum ersten Mal von Flugkraken und den Großen Alten erfahren. Auch wenn ich eigentlich immer daran geglaubt habe, dass es mehr auf dieser Erde gibt, als die Menschheit wahrhaben will, so wurde mir erst in diesem Moment bewusst, was das für uns bedeutete.

Da schoss erneut eins der Wesen auf uns zu. Ich sah, wie sich die Tentakel um die Tragflächen schlangen, einer der Fangarme schlug sogar auf meinem Fenster auf. Die faustgroßen Saugnäpfe pulsierten schleimig saugend auf der Scheibe. Wir merkten, wie die Wesen uns langsam aber bestimmt in eine andere Richtung lenkten. Es schien, als wollten sie uns um jeden Preis von unserer Route, auf der die Boreas-Oase lag, abbringen. Wieder geriet die Maschine ins Trudeln. „Sie reißen uns in Stücke!" Johnny-Boy war aufgesprungen und zog seine Waffe.

„Nicht", rief ich noch, doch bevor er den Abzug betätigen konnte, zersprang hinter ihm mit einem gewaltigen Krachen das Fenster. Ein schwarzer Tentakel kam hineingeschossen und schlang sich um den Körper des Jungen. Einen Wimpernschlag später war er bereits durch das Loch in der Seitenwand hinaus gerissen worden. Was blieb, war der Wind, der an uns zerrte und die winzigen Eisnadeln, die von draußen hineinwirbelten. Ich hörte die Männer hinter mir schreien. Männer, die den Krieg in Europa überstanden hatten, die alleine hinter feindlichen Linien gewesen waren und zu den abgebrühtesten Kämpfern gehörten, die ich für diese Mission hatte finden können. Ihre Schreie, als das Flugzeug auseinander gerissen wurde, waren das letzte, was ich wahrnahm, bevor mir schwarz vor Augen wurde.

Als ich wieder erwachte, lag ich in einer Schneewehe, die meinen Sturz abgefedert hatte. Zuerst wusste ich gar nicht, wo ich war. Doch stürzten sich mit einem Mal die Schmerzen auf meinen erwachenden Geist, wie ein Rudel blutrünstiger Hunde auf das verwundete Kaninchen. Ich stöhnte und versuchte vorsichtig, meine Position zu verändern. Alles um mich herum war noch wie in Watte gepackt, die meisten meiner Sinne weigerten sich, etwas wahrzunehmen. Ich bewegte meine Glieder, zum Glück schien nichts gebrochen. Mit der Erleichterung kamen auch meine anderen Sinne zurück. Plötzlich roch ich den beißenden Qualm, der durch die Luft waberte und ich hörte das laute Prasseln, das Knirschen und das Reißen. Ich öffnete erschrocken die Augen und musste sie sofort wieder schließen. Die Sonne blendete mich über den weißen Schnee und brannte sich sofort in meine empfindlichen Augen. Schnell tastete ich nach meiner Schneebrille, die mir wie durch ein Wunder noch um den Hals hing. Zum Glück hatte ich mich bereits im Flugzeug für alle Begebenheiten vorbereitet. Das hatte ich mir bei den diversen Einsätzen in Europa zu eigen gemacht. Durch die getönten Gläser blinzelte ich hinüber zu dem Ort, von dem die Geräusche ausgingen. Mit einem Schlag spürte ich wieder die Kälte in den Gliedern, denn das Blut wich mir aus den Adern.

Von der DC-47 waren nur noch rauchende Trümmer übrig. Weit entfernt konnte ich die Kanzel ausmachen, mit zerbrochenen Scheiben. Etwas näher lagen die Reste eines Flügels. In zwei Teile zerrissen war der Rumpf bereits tief in den Schnee eingesunken. Alles brannte. Doch das Schlimmste war, dass über der ganzen grauenvollen Szene die Flugkraken ihre Kreise zogen. Immer wieder stießen sie auf das Wrack hinab, schlangen ihre Tentakel um das Metall und rissen es, mit dem grässlichen Krachen, das mich geweckt hatte, auseinander. Ich wagte mir gar nicht vorzustellen, was mit meinen Kameraden geschehen war. Wieder stürzte ein Wesen aus dem Himmel herab und setzte sich mit ungeahnter Leichtigkeit auf die Kanzel des Cockpits. Zwei Tentakel schossen vor und knackten das letzte Glas aus der Front des Flugzeugs. Ein dritter Fangarm wand sich geschickt durch den Riss in der Hülle, schien zu tasten und zu suchen, bis er schließlich wieder von dem Flugkraken hinausgezogen wurde. An seinen Saugnäpfen, fest eingewickelt in das dünne Ende des Fühlers, hing eine Person. Ich schloss die Augen vor Schreck, erkannte ich doch den Piloten unserer Maschine dort leblos in den Fängen des Tieres. Ich hoffte nur, dass er bereits beim Aufschlag gestorben war und nicht erst durch das Gift, das in den Nesseln dieser Monster saß, qualvoll verenden würde.

Ich war verloren, das wurde mir klar. Irgendwann würden diese Kreaturen mich entdecken, und dann wäre es aus mit mir. Selbst wenn sie mich übersehen würden, ich lag mitten in der Eiswüste der Antarktis. Das Flugzeug war durch die Wesen von seinem geplanten Kurs abgelenkt worden. Sollten also unsere Kameraden auf dem Flugzeugträger Hilfe schicken, was sehr unwahrscheinlich war, da wir inoffiziell in fremdem Hoheitsgebiet unterwegs waren, würden sie uns nicht mal finden. Ich war so gut wie tot.

Trotzdem versteckte ich mich erschrocken tiefer im Schnee, als ich das Hundegebell hörte. Hoffnung regte sich in mir, so zwiespältig, wie sie nur sein konnte. Ich war gerettet! Ich würde nicht den Erfrierungstod auf einer einsamen Eisscholle in der Antarktis sterben. Doch gleichzeitig war mir klar, dass ich dem Feind in die Hände gefallen war. Das waren keine Soldaten, die sich nach dem Krieg ergeben hatten. Für diese Männer war der Kampf noch nicht zu Ende. Ich war für sie kein Sieger, sondern nur ein Gefangener. Und was die Nazis mit ihren Gefangenen zu tun pflegten, dass hatte man nach dem Krieg in den Lagern sehen können. Was sollte ich also tun? Mich stellen und nach einem Verhör erschossen werden? Oder mich verstecken und qualvoll erfrieren? Ich entschied mich für die Kapitulation – vorerst. Wenn ich erst in ihrer Basis wäre, wollte ich weitersehen.

Der deutsche Soldat auf dem Hundeschlitten hatte alle Mühe, die Hunde im Zaum zu halten. Aufgeregt bellten sie die Flugkraken an, die sofort von dem Wrack abließen und auf die Meute zugeflogen kamen. Da begriff ich, dass es eine dritte Möglichkeit geben und die Kraken meine Hoffnung einfach auffressen könnte. Doch bevor ich einschreiten konnte, hatte der Soldat sich ein silbernes Amulett vom Hals gerissen und hielt es in die Höhe. Die Kreaturen stoppten sofort im Flug, blieben wenige Meter über dem Soldaten in der Luft schweben. Ich wusste, wenn der Soldat auch nur die kleinste Schwäche zeigte, würden sie sich auf ihn stürzen. Doch das geschah nicht. Mit lauter Stimme befahl der Deutsche den Wesen. Ich hatte Deutsch gelernt und sprach es ebenso fließend, wie meine Muttersprache. Doch die Worte, die dieser einfache Soldat dort von sich gab, waren weder deutsch, noch war es ein mir bekannter Dialekt.

Als ich genauer hinhorchte, lief es mir jedoch kalt den Rücken herunter. Plötzlich erkannte ich alles. Dieser Ort, der Deutsche, ich hatte einfach nicht damit gerechnet. Außerdem war es lange her, seitdem ich gehört hatte, wie jemand diese Worte aussprach. Das letzte Mal war es Professor Lang gewesen, der mir diese Sätze bei unseren gemeinsamen Studien der dunklen Künste in der Universität von Arkham vorgelesen hatte. Aber auch nicht am Stück, denn zu sehr fürchteten wir damals die Macht dieser Worte. Wenige Wochen später war der Professor verschwunden.

Ich sah, wie der Soldat die Flugkraken mit einer Handbewegung zu den Felsen schickte, die ich in der Ferne erkennen konnte. Und zu meinem Erstaunen folgten sie seinen Anweisungen. Widerwillig zwar, aber sie fügten sich. Ich reckte mich, um zu sehen, was geschah. Die drei Flugkraken schwirrten zu der Oase, denn nichts anderes als die von uns angepeilte Boreas-Oase sah ich damals vor mir, und verschwanden in einem Loch im Boden. Ich dachte, im Schatten der Felsen noch Menschen gesehen zu haben, doch war ich mir nicht sicher. Hoffnung keimte in mir auf. Vielleicht hatten ja auch meine Kameraden überlebt.

Als ich wieder zu dem Soldaten blickte, war dieser aus meinem Sichtfeld verschwunden. Dafür spürte ich hinter meinem Ohr den kalten Stahl seiner Waffe.

Der Soldat stapfte hinter mir durch den Schnee. Ich musste die Hände auf dem Kopf falten und vor ihm her gehen. Es hatte keinen Sinn sich zu wehren, das wusste ich. Aber ich konnte wenigstens versuchen, mit ihm zu reden. Durch meine Jahre hinter der Front, auf der Suche nach Professor Lang, hatte ich mich durch alle Regionen Europas geschlagen. Darum war es für mich überlebenswichtig, akzentfrei deutsch zu sprechen. Ich beschloss, keine Zeit zu verlieren

„Der Krieg ist vorbei!", sagte ich zu dem jungen Soldaten, als wir die eisfreie Zone der Boreas-Oase erreicht hatten. Die grau-roten

Felsen türmten sich um uns zu kleinen Bergen auf, dazwischen aber dominierte Schutt und Schotter das Bild. Kleinere und größere Steine bildeten eine einheitliche, graue Wüstenfläche. Ich konnte kein Leben entdecken – außer einem kleinen Schwarm schwarzer Vögel, die nervös aufflatterten, als wir näher kamen.

„Amerikanische Propaganda!", schrie er und stieß mit dem Gewehrkolben nach mir. Ich fing den Stoß so gut ab, wie ich konnte. „Nein!", rief ich. „Es ist wahr, schon seit Mai 1945." Ich betrachtete das junge Gesicht. Der wilde, rotblonde Bart, der das Gesicht vor der Kälte schützte, machte ihn älter als er war. Doch die braunen Augen verrieten ihn. Er konnte höchstens fünfundzwanzig Jahre alt sein, eher weniger.

„Ich kann es beweisen", setzte ich nach. „Hitler ist im Mai 1945 im Führerbunker gestorben. Nachdem er sich und Eva erschossen hat, ließ er sich verbrennen, damit seine Leiche nicht in die Hände der Russen fallen würde. Seine Leiche wurde nie gefunden."

Der Soldat spie verächtlich aus. „So einen feigen Verrat hätte er nie begangen." Seine Reaktion schien echt zu sein. Die Mutmaßungen, die Johnny-Boy im Flugzeug noch geäußert hatte, waren scheinbar haltlos. Adolf Hitler war nicht hier. Aber was wollten die Soldaten dann hier noch? Wussten sie wirklich nicht, dass der Krieg vorbei war? Was sollte das Versteckspiel? Oder hielten sie sich einfach nur verborgen, um den Alliierten nicht in die Hände zu fallen? Doch das glaubte ich nicht, es gab genug Soldaten und Verbände, die sich in Südamerika ergeben hatten und auf Milde hoffen konnten. Anscheinend hatten sie tatsächlich ein anderes Ziel vor Augen. Ob sie tatsächlich ... nein, ich traute mich nicht daran zu denken, obwohl die Flugkraken mir allen Grund gaben, Angst zu haben.

„Und im August darauf haben die Japaner aufgegeben", nahm ich den Faden wieder auf. „Zwei Atombomben haben die Städte Hiroshima und Nagasaki zerstört. Es gab hunderttausende Tote." Mir verkrampfte der Magen, wenn ich an die Brutalität dachte, mit der Amerika Japan in die Knie gezwungen hatte. Ich schämte mich dafür, doch ließ ich es den jungen Soldaten nicht merken. Dieser verengte die Augen zu kleinen Schlitzen. „Ich glaube dir kein Wort", zischte er, und hob das Gewehr. „Komm jetzt mit. Ich bringe dich zu SS-Obersturmbannführer   Schwarzkopf."

Ungeduldig zielte er wieder mit dem Gewehr in meine Richtung. Doch der Soldat war verunsichert und nervös. Damit hatte ich mein Ziel erreicht. Der Rest war Routine. Mit der einen Hand schlug ich gegen die Waffe, so dass er das Gleichgewicht verlor, mit der anderen holte ich aus und platzierte einen gut gezielten Schlag gegen seine Schläfe. Ein leiser Seufzer entwich seinen Lippen, dann sank der Soldat zu Boden und war kurze Zeit ohnmächtig. Schnell nahm ich seine Waffe an mich und sicherte sie. Dann zog ich die Kordel aus der Kapuze meines Parkas und fesselte dem Soldaten damit die Hände auf den Rücken.

Ich ging hinüber zu den Felsen, in die das Tor eingelassen war. Eine kreisrunde Öffnung war in den Stein gesprengt worden. Ich hörte es leise zischen, an den Rändern trat immer wieder Dampf aus kleinen Ventilen aus. Das Tor war massiv und glatt. Nichts und niemand würde dieses Tor ohne den passenden Schlüssel öffnen können. Ich wägte meine Möglichkeiten ab: Ich könnte versuchen, mich mit dem Soldaten bis an die Küste durchzuschlagen. Dort könnte uns ein U-Boot aufnehmen und wir würden zurückkehren in die Zivilisation und den Rest von einer schlagkräftigen Truppe erledigen lassen. Die Kisten im Flugzeug schienen noch relativ unbeschädigt, das Funkgerät, das Johnny-Boy eingepackt hatte, könnte noch funktionieren. Aber was würde dann geschehen? Meine Kameraden wären dem Tod geweiht. Die Militärführung würde erfahren, welche Wesen hier verborgen waren – und dass es zumindest theoretisch möglich war, ihnen einen fremden Willen aufzuzwingen. Vor allem ... Ich scheute zurück vor dem Gedanken, doch schließlich ließ ich ihn zu: Vor allem, wenn es den Deutschen gelungen war, einen Großen Alten zu wecken.

Es schüttelte mich bei dem Gedanken. Ich hatte gesehen, wie der deutsche Soldat es geschafft hatte, nur mit dem Amulett die Flugkraken zu verscheuchen. Wozu wäre man erst fähig, wenn der Große Alte erwacht wäre? Diese Wesen, das seit grauer Vorzeit hier unter dem Eis schlummerte. Mit Grauen dachte ich an die Texte, die davon berichteten, wie dieser Gott das letzte Mal auf der Erde wandelte. Die Verwüstungen waren grenzenlos gewesen. Ganze Landstriche waren ausradiert worden. Es hieß, dass Nordafrika einst ein blühender Landstrich gewesen sei. Bis die Nachfahren von Abdul Alhazred, der dieses Buch einst schrieb, die Kontrolle über einen Großen Alten verloren hatten. In wenigen Tagen hatte er große Teile des Kontinents in eine Wüste verwandelt. Später sollen auch mongolische Schamanen der Versuchung erlegen sein. Sibirien ist bis heute noch in Teilen unbewohnbar, sagt man. In Gelehrtenkreisen wurden die Schäden, die das Tunguska-Ereignis in Krasnojarsk hervorgerufen hatte, bereits einem mangelhaften Versuch zugeordnet, einen Großen Alten zu beschwören. Hatten sich die Deutschen in ihrer Verzweiflung tatsächlich so weit vorgewagt?

Amerika war bereits im Besitz der Atombombe. Konnte ich es verantworten, ihr noch eine so gewaltige Waffe in die Hand zu geben? Mochte ich auch unseren heutigen Machtinhabern blind vertrauen, konnte ich das auch über die zukünftigen Präsidenten und Generäle sagen?

Ich musste in diese Höhle eindringen. Ich musste mit eigenen Augen sehen, was dieser versprengte Haufen Hoffnungsloser ausgebrütet hatte. Lange genug hatte ich die Dokumente der Bibliothek in Arkham studiert, um zu wissen, dass man auf Dauer den Großen Alten nicht Herr werden konnte.

So ging ich zurück zu dem Soldaten, der mich mit großen Augen anstarrte.

„Wir müssen hier verschwinden", stieß er hervor. „Wenn Sie uns in die Finger bekommen, enden wir beide im großen See. Dann ist alles verloren. Bringen Sie mich weg, ich bin der nächste auf der Liste."

Ich stutzte. „Der nächste wobei?"

„Das nächste Opfer! Warum, denken Sie, sind wir nur noch eine Handvoll Menschen, die übrig geblieben sind? Jeder Versuch benötigt ein Opfer, einen Träger, dessen Lebensenergie dazu verwendet wird, den Großen Alten zu wecken. Doch sie waren alle zu schwach! Der Professor hat lange gebraucht, um die richtige Methode auszutüfteln. Zu lange für viele meiner Kameraden", fügte er leise hinzu.

Ich war fassungslos. „Aber ... wenn Sie der Nächste gewesen wären, wieso sind sie dann nicht geflohen? Sie haben den Hundeschlitten, sie haben Verpflegung! Niemand könnte Sie aufhalten!"

Der Soldat schüttelte den Kopf. „Glauben Sie, das hat noch keiner versucht? Wohin sollte man hier fliehen? In einem Radius von tausenden Kilometer ist hier keine

Menschenseele. Kein Ort, zu dem man fliehen könnte. Das hat so manchen von uns aber nicht davon abgehalten, es zu versuchen."

Mir dämmerte, wie die Geschichte ausgegangen war. „Die Flugkraken", sagte ich.

Er nickte nur.

Ich beugte mich zu ihm hinab. „Helfen Sie mir! Helfen Sie mir, diesen Wahnsinn zu beenden und ich verspreche Ihnen im Gegenzug meine Unterstützung. Es soll Ihr Schaden nicht sein. Man wird Sie anständig behandeln, da gebe ich Ihnen mein Wort." Ich wusste, dass ich den Plan, der sich in meinem Geist entwickelte, nicht alleine umsetzen konnte. Ich brauchte diesen Soldaten. Ohne ihn würde ich schon am Tor dieser geheimen Basis scheitern.

Er sah mich an, seine brauen Augen, die unter den buschigen Brauen fast verborgen waren, musterten mich. Ich ahnte, dass er fast den gleichen Gedanken nachhing.

„Und Deutschland liegt in Schutt und Asche?", fragte er.

„Amerikaner, Franzosen und Engländer haben den Westen befreit. Der Rest gehört nun Russland."

„Meine Frau und mein Sohn, sie leben am Frischen Haff. In der Nähe von Königsberg."

Er klang, als hoffte er, dass ich ihm sagen würde, alles wäre gut. Doch ich schüttelte den Kopf.

„Versprechen Sie mir", fuhr er nach kurzer Pause fort, „dass Sie sich um meine Frau und meinen Sohn kümmern. Dann werde ich tun, was Sie von mir verlangen."

Wie gerne war ich bereit, ihm das zu versprechen. Doch meine Ehrlichkeit gebot es mir, noch etwas hinzuzufügen. „Nicht alle SS-Leute und Nazis sind gefasst worden. Manche haben sich in Südamerika gesammelt. Es gibt Gerüchte, über eine Gruppe namens ODESSA. Wenn die von ihrer Kapitulation hören ..."

Er schüttelte den Kopf. „Ich habe keine Angst vor Rache."

Also löste ich seine Fesseln und reichte ihm die Hand. Er nahm sie und zog sich hoch. Erst jetzt sah ich, wie verbrannt seine Haut wirkte, die zwischen dem wildwuchernden Bart hindurchschimmerte. Das Eis, die Sonne, alle Elemente wurden dem Menschen an diesem Ort zum Feind. Niemand sollte in dieser Hölle länger leben müssen als notwendig, dachte ich.

„Schnitzler. Friedrich Schnitzler, heiße ich. Was ist ihr Plan", fragte er mich. Ich erläuterte es ihm.

Friedrich Schnitzler nahm sich wieder den Anhänger vom Hals, als er auf das Tor zuging. Vorsichtig legte er ihn an eine Stelle im Rahmen, die ich vorhin bei meiner flüchtigen Untersuchung übersehen hatte. Die stilisierten Tentakel passten genau in die Vertiefung im Stahl, und wie einen Schlüssel drehte Schnitzer das Amulett nun vorsichtig zwei Mal gegen den Uhrzeigersinn.

Zuerst geschah nichts und ich befürchtete schon, der Soldat wollte mich in die Irre führen. Doch dann rumorte es leise tief unter mir im Boden. Ein leises Rauschen folgte und die Ventile an den Seiten stießen weißen Dampf aus. Langsam, mit einem kaum wahrnehmbaren Knirschen öffnete sich das Tor. Millimeter für Millimeter schoben sich die beiden Flügel schwerfällig in die Wand. Nun erst konnte man sehen, wie dick und schwer der stählerne Schutz des Eingangs war. Knapp einen Meter dickes Metall bewahrte die Unterkunft der verbliebenen Soldaten vor dem Eis und Schnee der Antarktis.

Der Soldat Friedrich Schnitzler führte mich

durch das Tor in die Dunkelheit der Höhle. Direkt bemerkte ich die schwüle Wärme, die aus den Tiefen drang. Nun verstand ich, wie diese Menschen es geschafft hatten, über Jahre in dieser unwirklichen Welt zu überleben. Ich sprach den Deutschen darauf an.

„Wir sind ziemlich schnell auf die thermischen Besonderheiten gestoßen", sagte er. „Die Höhle, die Sie hier sehen, ist natürlichen Ursprungs. Alle weiteren Gänge haben wir in mühseliger Arbeit in den Fels gesprengt und gebohrt. Jedenfalls anfänglich ...", fügte er düster hinzu.

Wir gingen weiter, nachdem der Soldat das Tor wieder hinter uns geschlossen hatte. Es zischte laut, an den Rändern trat auch auf der Innenseite weißer Dampf aus, aber dann schloss sich die Pforte mit einer beklemmenden Endgültigkeit.

„Kurz nach den ersten Bohrungen haben wir die heißen Quellen entdeckt. Einige meiner Kameraden starben bei der Entdeckung, als der plötzlich freiwerdende Druck eine tragende Wand weggesprengt hat. Aber wir haben es in den Griff bekommen." Er zeigte auf einen großen, fast haushohen Behälter an der Innenseite der Grotte, von dem große kupferne Rohrleitungen in alle Richtungen abgingen. „Der Kessel. Hier wird der unterirdische Dampf aufgefangen und kanalisiert. Durch den Dampfdruck erzeugen wir alle Energie, die wir brauchen. Er öffnet die Tür und bewegt die Maschinen, die uns die Gänge ins Gestein gegraben haben. Einfach alles haben wir ihm zu verdanken."

Mir wurde es zu warm und ich zog mir die mit Robbenfell gefütterte Kapuze vom Kopf. Ich war beeindruckt. Es war fast so warm, wie in einer Sauna. „Und das Licht?" Ich zeigte auf die leicht flackernden gelben Säulen, die in das Gestein eingelassen waren und ein warmes, dämmriges Licht abgaben, das ausreichte, um diese Unterwelt zu beleuchten.

„Grubengas. Unsere Ingenieure haben es aufgefangen und brennen es dosiert ab. Messungen haben ergeben, dass wir mindestens für die nächsten fünfzig Jahre genug Gas hätten. Von Wärme und Dampf ganz zu schweigen."

Da entdeckte ich die großen hölzernen Kisten in einem kleinen Seitengang, direkt hinter dem Kessel. Auch dieser Gang war mit dem schummrigen, orangen Licht erleuchtet. „Was ist das?", fragte ich.

„Munition, Sprengstoff", antwortete

Schnitzler knapp. „Und Vorräte für einst zwanzig Jahre. Inzwischen werden wir wohl eher hundert Jahre damit auskommen." Er schaute betreten zu Boden.

„Was ist geschehen?"

„Die Vorräte waren für alle Teilnehmer dieser Expedition berechnet. Doch von denen ist nur noch ein Bruchteil übrig."

„So viele Bergunfälle gab es?", fragte ich, erschrocken, welchen Preis die Soldaten zahlen mussten, um diesen Stützpunkt zu errichten.

„Zuerst waren es nur die Bergunfälle. Einstürzende Gruben, spontane Gasexplosionen. Aber das war nur ein Teil unserer Verluste."

„Was hat so viele Menschen dahingerafft?", fragte ich entsetzt.

„Wir haben die erste Grabkammer entdeckt", sagte er leise und ging mit forschem Schritt an mir vorbei. Ich folgte ihm tiefer in das Labyrinth aus Gängen und Hallen hinab. Was mochte er damit gemeint haben, fragte ich mich, als ich versuchte, ihn einzuholen. Doch anscheinend wollte der Soldat noch nicht darauf eingehen. Immer weiter bergab führte der Pfad, spärlich orange erleuchtet, über grob behauenes Gestein. An

33

manchen Stellen erschienen plötzlich tiefe, schwarze Spalten im Boden, über die ein grobes Gitter gelegt war, um darüber hinweg steigen zu können. Ein eisiger Wind stieg aus den Tiefen der Dunkelheit hinauf, doch Schnitzler ging weiter, bis er auf einer besonders breiten Spalte stehen blieb und horchte.

„Was ist?", fragte ich ihn.

„Das ist die Richards-Spalte. Sie hätte uns warnen sollen umzukehren. Ich glaube, man kann Richards Schreie noch hören, wenn man genau hinhorcht." Er beugte den Kopf und schloss die Augen. „Wir haben versucht hinabzusteigen, doch wir hatten keine Seile, die lang genug waren. Und alle erfahrenen Bergsteiger waren bereits ums Leben gekommen. Richards war das letzte alpin ausgebildete Mitglied der Expedition. Sein Sturz war wie ein böses Omen. Doch Professor Lang hat uns angetrieben, weiterzumachen. Es gab eine kleine Meuterei." Er seufzte. „SS-Obersturmbannführer Schwarzkopf hat die Meuterer eigenhändig erschossen. Danach gab es kein Problem mehr mit der Motivation der verbliebenen Mitarbeiter. Tags darauf sind wir auf die erste Grabkammer gestoßen."

In meinem Gehirn tobte ein Gedankensturm. Professor Lang! Ich hatte ihn gefunden. Endlich war meine jahrelange Suche durch Europa erfolgreich gewesen. Was hatte ich nicht alles erlebt, was hatte ich nicht alles angerichtet, um endlich auf seine Spur zu kommen. Und nun war ich ihm so nahe! Damals hätte ich es niemals für möglich gehalten, dass er zu den Deutschen überläuft. Warum auch, er hätte bei uns alle Möglichkeiten gehabt. Ich bin sicher, unsere Regierung hätte ihn sogar in seiner Forschung unterstützt. Doch offensichtlich war ihm das nicht genug gewesen. Professor Lang hatte immer schon eine Schwäche für Macht und Reichtum.

„Kommen Sie weiter, ihre Kameraden dürften von SS-Obersturmbannführer Schwarzkopf in die Hauptkammer gebracht worden sein."

„Was sollen diese Bezeichnungen? Haben sie wirklich ein Grab gefunden?" Ich war ganz aufgeregt darüber, dass ich endlich mit meiner Suche weiterkam. Ich ahnte, was Lang suchte und konnte nur beten, dass er es nicht gefunden hatte. Aber was ich bisher gesehen hatte, machte meine Befürchtungen nur noch schlimmer. Schnitzler führte mich in eine weitere Höhle, in der ich furchtsam erstarrt auf der Stelle stehen blieb. Auf den ersten Blick sah man, dass die Deutschen hier auf ein natürliches Höhlensystem gestoßen waren. Schwere Stalaktiten hingen von der Decke, der Boden war so uneben, wie ein Geröllfeld, nur einen schmalen Pfad hatte man mitten hindurch freigegraben.

„Die erste Grabkammer", sagte Schnitzler mit eisiger Stimme. Und ich ahnte, warum sie so hieß. An der gegenüberliegenden Wand waren dutzende weiße, hölzerne Kreuze aufgestellt, die sich scharf gegen die schwarze Wand abzeichneten.

„Hier haben wir mehr als die Hälfte unserer Gruppe verloren. Professor Lang war nicht darauf gefasst gewesen, so schnell reagieren zu müssen. Doch kaum hatten die Maschinen diese Wand durchstoßen, hatten die Flugkraken uns auch schon angegriffen. Professor Lang sagte, sie mussten seit Jahrhunderten hier unten eingesperrt gewesen sein, und doch waren sie so aktiv, dass sie direkt und ohne zu zögern über uns herfielen. Die wenigen Minuten, die Professor Lang brauchte, um das Amulett zu aktivieren, den Bannspruch zu suchen und zu nutzen, waren zu lang für einen Großteil der Mannschaft.

Hilflos wurden wir durch die Gänge gejagt, ohne Möglichkeit, zu fliehen. Die Tentakel der Monster rissen die anderen einfach auseinander. Ich habe einfach nur Glück gehabt. Professor Lang hat sie nun gebannt und jeder von uns trägt ein Amulett." Vorsichtig streichelte er über den silbernen Anhänger. „Aber sobald man nicht aufpasst ... man muss immer wachsam sein. Wir haben sie nicht besiegt, sondern nur aufgehalten. Sie warten auf ihre Chance, nutzen unsere Schwachpunkte." Er sah mich düster an. „Diese Expedition ist ein Himmelfahrtskommando und jeder Schacht, den wir in den Fels getrieben haben, ein Massengrab. Doch Professor Lang ist wie besessen. Er hat alle unsere Bedenken beiseite gewischt. Wenn SS-Obersturmbannführer Schwarzkopf nicht für seine Sicherheit sorgen würde ... ich sage Ihnen, wir hätten schon längst abgebrochen." Er seufzte. „Doch dafür ist es nun zu spät, befürchte ich."

Mir grauste vor dem, was Schnitzler mir noch erzählen mochte. Ich wollte es lieber nicht wissen, ich hatte Angst vor den Entdeckungen, die Professor Lang hier unter dem Eis ausgegraben hatte. Auf der anderen Seite aber spürte ich diese Spannung, endlich etwas zu erleben, von dem ich in den Büchern in Arkham nur gelesen hatte. Flugkraken! Mein Gott, dachte ich. Wenn es Flugkraken gibt, dann wird es auch die anderen Wesen geben!

„Wir haben den See des Großen Alten entdeckt", sagte Schnitzler. In seinem Ton klang kein Triumph über diese bergmännische und wissenschaftliche Meisterleistung. Nein, nur Reue und endlose Angst hörte ich aus seinen Worten. Aufgeregt fasste ich ihn an der Schulter. „Bringen Sie mich hin."

„Und dann?"

„Bereiten wir dem Spuk ein Ende."

„Folgen Sie mir ins Herz der Finsternis", sagte er und ging voran. „Professor Lang wusste, die Entdeckung der Kraken bedeutete, dass wir auf dem richtigen Weg waren. SS-Obersturmbannführer Schwarzkopf trieb uns weiter an. Wir hofften, dass unsere Entdeckung die entscheidende Wende im Krieg bringen konnte. Wir gruben die Wunderwaffe aus, die Hitler bereits vollmundig propagiert hatte. Wir ahnten ja nicht, dass es bereits zu spät war. Doch noch war sie nicht in unseren Händen."

Tiefer hinab stieg ich mit dem Soldaten

Schnitzler, folgte natürlichen Kanälen und schmalen Rissen im Gestein. „Wochenlang haben wir das Höhlensystem erkundet. Bis wir schließlich das hier gefunden haben." Er ging auf die Knie und kroch langsam auf eine Öffnung im Tunnel zu, aus der grünliches Licht fiel. „Runter", sagte er. „Oder sie werden dich sehen!"

Also fiel ich auf die Knie und robbte neben ihn. Unter mir sah ich die riesige Höhle der so genannten Hauptkammer. Der Raum maß sicherlich mehr als hundert Meter im Durchmesser, seine Decke konnte ich nicht erkennen, denn die Wände ragten steil in die Dunkelheit der Höhe hinauf. Die Felsen entlang wanden sich die kupfernen Rohre, die man in aller Eile verlegt haben musste. An der gegenüberliegenden Wand entdeckte ich ein riesiges Zahnrad, das aus einer mechanischen Anlage heraus stach, in die alle Kupferrohre ihren Dampf führten. Schwere, stählerne Ketten waren daran befestigt. Diese führten über einen Seilzug, der in der Finsternis der Höhe gerade noch zu erkennen war, wieder hinab und waren an einen gewaltigen stählernen Deckel befestigt. Diese Stahlplatte lag auf einer runden Erhebung, einem Vulkankrater gleich, die rund zwanzig Meter im Durchmesser gewesen sein mochte.

„Den haben wir in einer einzigen Nacht zusammengeschweißt", zischte Schnitzler leise. „Angst verleiht der Arbeit Flügel."

„Was ist darunter?"

Schnitzler sah mich an, als ob ich den Verstand verloren hätte, so etwas zu fragen. „Nur grauenvoller Wahnsinn!", flüsterte er.

Ich blickte wieder hinüber. Neben dem Stahldeckel entdeckte ich meine Kameraden Rosstein und Murphy. Beide waren offensichtlich verletzt, Murphy lag sogar auf dem Boden. Sie waren an den Händen gefesselt und befanden sich direkt neben einem alten Mann, der in eine lächerlich bunte Kutte gehüllt war. Sein dichter, grauer Bart war ungepflegt und lang. Die Jahre in Europa hatten Professor Lang gezeichnet. Als das Genie für diese alten Schriften noch in Arkham an der Miskatonic University arbeite, war er noch kräftiger gewesen, sein Gang aufrecht und sein Blick stark und ehrlich. Doch was war nun aus ihm geworden? Ein Schatten seiner selbst. Die Teufel, mit denen er sich eingelassen hatte, hatten ihn in seine persönliche Hölle getrieben, die ihn nun innerlich auffraß. Vor ihm, auf einer Art Altar lag zwischen brennenden Kerzen ein offenes

Buch.

„Das Necronomicon!", entfuhr es mir.

Der Soldat neben mir nickte. „Ja, ein Zauberbuch. Damit versucht er den Großen Alten zu beschwören."

„Versucht?" Ich fuhr herum, eine wage Hoffnung keimte in meinem Herzen auf. „Versucht?

„Verstecken Sie sich!" Schnitzler verschwand plötzlich in der Dunkelheit der Höhle, doch bevor ich mich überhaupt regen konnte, standen plötzlich zwei schwarze, blank polierte Stiefel neben mir. Der schwarz uniformierte Mann, der in diesen Stiefeln steckte, richtete seine Walther P-38 auf mich. „Aufstehen." Sein Ton war schneidend, befehlsgewohnt. Auf seiner Mütze prangte ein Totenkopf mit dem Hakenkreuz. SS-Obersturmbannführer Schwarzkopf zog mich ruckartig am Kragen nach oben, als ich nicht sofort reagierte. Ich überlegte kurz, ob ich mich mit ihm anlegen sollte, doch der kalte Lauf seiner Waffe unter meinem Kinn belehrte mich eines Besseren.

„Ich habe noch einen für Sie, Professor Lang", rief er in die Grotte hinunter. „Ein weiteres Versuchskaninchen. Sie sollten langsam mal Erfolg haben, sonst werden Sie am Ende noch selbst in den Armen des Wahnsinns landen!"

Er stieß mich die Stufen hinab und ich ließ es geschehen. Meine Kameraden schauten erschocken auf und ich sah ihre enttäuschten Mienen, hatten sie doch wohl wider alle Vernunft gehofft, einer von uns wäre entkommen und könnte Hilfe holen.

Kurz darauf war ich ebenfalls gefesselt und kniete keuchend neben ihnen.

„Murphy ist tot. Oder so gut wie", klärte mich Rosstein auf. „Sie kommen zu spät. Dieser Verrückte da vorn", er deutete mit dem Kinn auf Professor Lang, „hat den Deckel heben lassen. Murphy war zu nahe dran. Er war ihr Versuchskaninchen. Das grüne Leuchten, das Wasser hat sich bewegt, dann kam etwas hinaus, etwas, das ich nicht sehen konnte, aber Murphy hat geschrieen, geschrieen hat er. Murphy, können Sie sich das vorstellen? Der harte Hund? Jetzt liegt er da und Blut läuft aus seinen Augen."

„Schnauze!" Plötzlich stand der SS-Mann wieder vor mir und hieb mir mit der Pistole ins Gesicht. Ich schmeckte, wie mir das Blut in den Mund lief, ein Schneidezahn wackelte. Es knirschte, als ich versuchte, meine Nase zu bewegen.

„Hören Sie auf, Mann!" Professor Ernst Lang war hinzugestürmt. „Sind Sie denn verrückt? Ich brauche meine Opfer lebend."

„Er lebt doch noch." Schwarzkopf starrte auf mich herab. „Ich frage mich, wieso Amerikaner hier aufgetaucht sind. Wo ein Flugzeug ist, da sind auch noch mehrere." Er drehte sich zu Lang um und sein Blick verfinsterte sich. „Sie haben nur noch heute Nacht. Die Amerikaner werden uns nicht bekommen, dafür sorge ich. Nicht lebend."

Der Professor bekam große Augen. „Was wollen Sie tun, sie Wahnsinniger? Wir kommen hier nicht weg! Es wird Wochen dauern, bis Hilfe aus dem Reich zu uns gelangt."

„Ich sage es noch einmal, wir werden nicht lebendig in die Hände der Amerikaner fallen." Schwarzkopf wedelte mit der Pistole. „Tun Sie ihr Bestes!"

„Sie wissen genau, dass es länger dauert! Ich kann die Beschwörung nicht alleine durchführen! Sie müssen mir helfen!"

„Den Teufel werde ich tun. Sie wollen mich doch nur loswerden. Ich habe gesehen, was aus meinen Männern geworden ist, die Ihnen geholfen haben. Verheizt haben Sie sie!

43

Alle sind tot! Jetzt sind nur noch wir beide übrig, und dieser kleine verräterische Soldat, der sich oben in den Schatten der Tunnel herumtreibt. Aber wenn ich ihn finde, sind wir auch ihn los. Nein, Professor. Ich werde hinter Ihnen stehen, die Waffe im Anschlag, aber ich werde keine Zeile aus dem Buch lesen. Ich habe gesehen, was sie mit meinen Männern gemacht haben."

„Das war nicht ich, das war ES."

„Unterschätzen Sie mich nicht. Ich habe Kontakte, die mich auch aus dieser Wüste herausholen werden. Haben Sie schon mal etwas von ODESSA gehört? Die Schlacht mag verloren sein, aber Krieg noch lange nicht. Aber was ist mit Ihnen, Professor? Wer hilft Ihnen?"

„Sie sind ein Monster."

„Die Zukunft des dritten Reichs liegt in unseren Händen, Professor. Ich werde nicht zulassen, dass diese Zukunft in die Hände der Amerikaner fällt."

Wortlos zog der SS-Obersturmbannführer sich zurück. „Nur noch ein Versuch! Dann werde ich die Konsequenzen ziehen."

Professor Lang ging zurück zu seinem Altar, so dass ich mich noch einmal mit Rosstein unterhalten konnte. Aus dem See, der von dem Deckel beschützt wurde, spürte ich heiße Wellen ausstrahlen, die begannen mich einzuhüllen. Ich schluckte einen Mund voll warmem Blut hinunter und flüsterte: „Wenn sich die Chance ergibt, musst du zurück zum Eingang. Lass mich das hier regeln."

„Aber das ist Wahnsinn. Ich lasse dich nicht hier zurück."

„Glaub mir, mein Freund, ich bin dafür qualifiziert. Über zehn Jahre bin ich nun auf der Suche. Und heute habe ich es gefunden. Der Große Alte muss aufgehalten werden. Und du kannst deinen Teil dazu beitragen." Ich erklärte ihm, was er zu tun hatte.

Rosstein nickte, schien aber in Gedanken versunken. „Was ist?", fragte ich.

„Dein Plan hat einen Haken", sagte er. „Ich werde ihn nicht ausführen können."

„Warum?"

„Weil ich gefesselt bin."

„Ich bin sicher, Schnitzler wird uns befreien."

In dem Moment ertönten Schüsse in den Tunneln, begleitet vom grausigen Echo der Schmerzensschreie eines sterbenden Menschen.

„Das dürfte das Ende von Soldat Schnitzler

gewesen sein", bemerkte Professor Lang lakonisch. Er wandte sich wieder uns zu. „Ich habe aufgehört zu zählen, aber ich weiß nicht, wer mehr Leben von Soldaten auf dem Gewissen hat, die Flugkraken, der Große Alte, oder dieser Sadist Schwarzkopf. Er hat von Anfang an in jedem von uns einen Vaterlandsverräter gesehen." Er starrte mich traurig an. „Glauben Sie mir, wenn es nicht so wichtig gewesen wäre, hätte ich nie gemeinsame Sache mit denen gemacht, Professor Hobbs."

Rosstein starrte mich an. „Du bist ein Professor? Ihr kennt Euch?"

Ich nickte, ansonsten ignorierte ich meinen langjährigen Kampfgefährten. Meine Gedanken rasten, gleichzeitig jedoch waren sie auf eine unbekannte Art träge, verfingen sich wie Sirup ineinander. Meine Denkprozesse liefen auf Hochtouren, doch kamen sie zu neuen, mir unbekannten Ergebnissen. Ich fühlte, wie der See mich rief, ich ahnte, was sich dort verbarg, und ich wünschte mir nichts sehnlicher, als es mit eigenen Augen zu sehen. Und doch, noch hielt mein Verstand mich zurück und ich riss mich zusammen.

„Hast du mich also doch erkannt, Ernst."

„Sofort, als ich deine Kameraden sah, habe ich gewusst, dass nur du das eingefädelt haben kannst. Wer sonst konnte wissen, war wir hier zu suchen haben. Es gibt außer mir nur noch einen Menschen, der sich so tief in die geheime Lehre eingearbeitet hat, um den Sinn in diesem Buch zu sehen. Und die Macht zu erkennen, die es einem bietet!"

„Du bist wahnsinnig!", schrie ich ihn an. „Ich wusste, dass du den gesunden Menschenverstand verloren hast, als du vor mehr als zehn Jahren plötzlich spurlos von der Universität und aus den USA verschwunden warst."

„Pah! Unser Geheimdienst ist einfach zu kurzsichtig. Aber die Nazis hatten wenigstens die Augen, die Vision zu erkennen, die ich ihnen geboten habe. Sie hatten die Mittel und den Willen, mir zu helfen!"

„Es wird dich umbringen", sagte ich. „Und wenn der Große Alte dich nicht in den Wahnsinn treibt, dann wird Schwarzkopf dich erschießen, sobald du ihm die Möglichkeit dazu gibst. Glaubst du, so ein Mensch wird die Macht mit dir teilen, Ernst?"

Nun kam er ganz nah, beugte sich zu mir, so dass ich die kleinen Falten um seine Augen sehen konnte, und die Stellen in seinem Bart, in denen der Tabak gelbe Spuren hinterlassen hatte. Früher hatten wir viel gemeinsam gelacht. Professor Lang war ein jovialer Mensch gewesen, ein Mensch, der die Freuden des Lebens zu genießen gewusst hatte. Doch gerade solche Menschen streben nach Macht, die es ihnen ermöglicht, noch mehr zu genießen, zu konsumieren, zu feiern. Es ist eine selbstsüchtige Form der Macht, die einzig zur eigenen Selbstverwirklichung, oder ich sollte sagen, Selbstzerstörung, geschaffen wird. Heute war er nur noch ein Schatten seiner selbst. Sein unbeugsamer Wille hatte seinen eigenen Körper gebrochen.

„Du hast mich nie richtig verstanden", sagte er leise. „Aber ich verstehe dich. Du hast immer für das Gute gekämpft. Aber das gibt es nicht." Er zog die Augenbraue hoch, als ich nichts erwiderte. „Doch interessiert mich das nicht. Jeder hat seine eigenen Motive." Er reichte mir die Hand. „Hilf mir, den Großen Alten vollständig zu wecken, dann werden wir gemeinsam diese Nazis los. Glaub mir, es war nie meine Absicht, wirklich mit ihnen gemeinsame Sache zu machen. Sie waren nur das Vehikel, das mich meinem Lebensziel näher bringen sollte. Und, wie du siehst, auch deinem. Ich weiß, es brennt in dir genauso, wie in mir. Welche Möglichkeiten stehen uns offen! Wir werden die Welt gestalten können, sie besser machen. Glaube nicht, ich wüsste nicht, was dich umtreibt. Denn auch ich habe deine Spur nie verloren, ich weiß, was geschehen ist."

Ich schloss die Augen, um meine Traurigkeit zu verbergen. Langs Worte hatten meinen wunden Punkt getroffen. Johanna und das Kind. Wie lange hatte ich versucht, diese Bilder zu verdrängen. Doch Ernst hatte sie mit ein paar gut platzieren Worten wieder an die Oberfläche geschwemmt. Rache, dachte ich, und mein Bauch brannte. Doch sofort ermahnte ich mich, nicht nachzugeben. Wenn ich den Großen Alten wecken würde, würde ein Sog entstehen, dem ich nichts würde entgegensetzen können. Ich kannte mich zu gut. Wenn ich wütend war, konnte weder Tür noch Stahl mir Einhalt gebieten, daher hatte ich seit Jahren versucht mich unter Kontrolle zu halten. Und nun warf mich die vertraute Stimme des alten Freundes, der so zart mit meinen Gefühlen spielte, in Sekunden um. Wut loderte auf, doch ich versuchte sie zu dämpfen, so wie der See in dieser Grotte mit einem stählernen Deckel versehen worden war. Meine Hände zitterten in den Fesseln.

„Ich ... kann ... nicht", knirschte ich.

„Doch, du kannst, und du willst", sagte Professor Lang. „Das sehe ich. Wir beide zusammen! Wir können schaffen, wozu ich alleine nicht in der Lage war."

Die Flugkraken schossen surrend über unsere Köpfe hinweg, doch wir beachteten sie nicht. Ich dachte an die Welt da draußen, außerhalb der eisigen Grenzen der Antarktis. Das Grauen der Atombombe und die Sowjetunion, die nun auch in der Lage war, dieses Höllenfeuer über der Welt zu verbreiten. Was würde wohl geschehen, wenn man diesem Wettrüsten keinen Einhalt gebieten würde? Ich atmete auf, hatte doch meine persönliche Wut einen neuen Kanal gefunden, sich weltpolitisch zu rechtfertigen. Ich erkannte, dass ich die Möglichkeit hatte, die Welt zu retten, sie vor ihrem Untergang zu bewahren, denn das, was Professor Lang mir anbot, war mächtiger als alle nuklearen Sprengköpfe dieser Welt zusammen. Ich sah mich als glorreichen, wohlmeinenden Herrscher, oder Priester einer wütenden Gottheit, der hart, aber gerecht regieren würde. Und die Mörder meiner Frau wären die ersten Opfer auf dem Altar dieser Güte.

Ich blickte Lang an und hielt ihm meine

gefesselten Hände hin. Er öffnete den Strick und zog mich an meinen tauben Fingern in die Höhe. Da erst bemerkten wir, dass Rosstein verschwunden war.

„Wieso haben die Kraken nicht reagiert?", fragte sich Lang kurz, doch dann wandte er sich wieder mir zu. Seine Augen blitzen aufgeregt und sein Bart zitterte. „Los, wir haben nicht viel Zeit. Wir müssen handeln, bevor dieser Mörder Schwarzkopf wieder auftaucht."

Kurz dachte ich an Rosstein, was ich ihm aufgetragen hatte, und hoffte einen kurzen Augenblick lang, dass er scheitern möge. Ich gestehe, ich wünschte, Schwarzkopf, der sicherlich wie ein wildes Tier durch die Gänge tigerte, würde ihn finden und aufhalten. Doch was nütze es, über solche Dinge zu grübeln, wenn man handeln musste. Meine Gedanken, die sich plötzlich so wohl fühlten, mit der Aussicht, endlich den Großen Alten freizusetzen, waberten wie benebelt durch mein Hirn. Ich war hellwach, hochkonzentriert, und dennoch wohl nicht ganz Herr meiner Sinne.

Professor Lang lief hinüber zu der Anlage, die den Deckel heben konnte. Wild drückte er auf Hebel, kurbelte an Rädern, öffnete und schloss Ventile. Ich konnte hören, wie Dampf durch die Rohre strömte, konnte den zischenden Atem der Maschine wahrnehmen und das leise „Klong Klong Klong Klong", als sich das riesige Zahnrad langsam in Bewegung setzte und sich gegen den Widerstand des Gewichtes stemmte. Langsam, vorsichtig, zuerst nur Millimeter für Millimeter. Aber dann plötzlich, als sei ein Damm gebrochen, ratterte es schneller, bewegte sich, drehte sich, und die Kette hob den tonnenschweren Deckel von diesem unterirdischen See mit einer Leichtigkeit, als würde die gute Hausfrau noch einmal schnell in den Kochtopf schauen wollen, um zu sehen, ob der richtige Zeitpunkt gekommen sei. Oder auch der wahnsinnige Alchimist, der einen letzten Blick auf sein Giftgemisch warf, bevor er es seinem Opfer verabreichte.

Das grüne Licht, dass bisher nur vorsichtig an den Rändern des Deckels ausgetreten war, strömte nun mit einer lebendigen Intensität in den Raum, dass ich fast rückwärts über meine eigenen Füße stolperte. Ich hörte die Flugkraken über mir aufgeregt durch die Luft schwirren, sie kreisten um den See. Ich spürte ihre Unruhe.

Professor Lang kam zu mir zurück gelaufen und stieß mich etwas von dem See zurück. „Nicht zu nahe rangehen, Hobbs", sagte er. „Sonst wird die Beeinflussung zu stark. Ich brauche deine ganze Kraft für die Beschwörung."

Es war eine unheimliche Atmosphäre, als wir uns an den Altar stellten und das Necronomicon öffneten. Die dunklen Schatten der Höhle tanzten über die Wände, das grüne Strahlen des Sees schien zu pulsieren, in atemloser Erwartung dessen, was nun kommen mochte. Es war so still, das ich die Kerzen vor mir knistern hörte, einzig das nervenzerreibende Sirren der drei Flugkraken, die unruhig über uns hin und her schwirrten, unterbrachen die Stille.

„Wieso sind die anderen gescheitert?", fragte ich.

„Ihnen fehlte der bedingungslose Wille! Alleine konnte ich die Flugkraken unter meinen Willen bringen, sie an das Amulett binden. Doch bei dem Großen Alten, reicht ein Geist nicht aus. Er würde durch die schiere Anwesenheit der Gottheit einfach gesprengt werden. Aber zusammen können wir es schaffen, Hobbs. Zusammen können wir der Panzer sein, den die grausamen Finger des Wahnsinns nicht durchbrechen können."

Ich starrte hinüber zu Murphy, der inzwischen aufgehört hatte zu atmen. „Hast du es mit ihm auch versucht?"

„Ha, diese Iren! Nach außen so ein harter Kerl, aber er ist schon zusammengebrochen, als ich den Deckel nur leicht angehoben hatte. Viel zu leicht zu beeinflussen. Sehr emotional, schätze ich, was?"

Ich dachte an Murphy, und seinen unbezwingbaren Hass gegen alle Unterdrückung.

Bilder aus Europa tauchten vor meinem inneren Auge auf. Auf der Suche nach Professor Lang hatte ich diese Gruppe unter den fadenscheinigsten Gründen durch diesen brennenden Kontinent gejagt, immer auf der Suche nach dem gestohlenen Necronomicon. Unser Ire Murphy hatte sich nie beschwert, war ein eiskalter Killer gewesen. Hatte immer einen kühlen Kopf bewahrt. Außer, wenn man ihn bei seiner Ehre packte. Ein Witz über seine Heimat hatte mich drei meiner besten Männer gekostet.

Ich befürchte, der jahrhundertelange Kampf ums Überleben hat diese Sorte Menschen so widerstandsfähig gemacht, aber ihre Seelen gleichzeitig so empfindlich gestaltet, dass alleine die Möglichkeit der endgültigen Rache an den Unterdrückern Murphy nun den Verstand geraubt hatte.

„Ja", sagte ich. „Sehr empfindlich."

Ernst sah mich an. „Ich nicht. Du auch nicht. Fangen wir an?"

Ich nickte. Meine Hände waren schweißnass. Etwas nagte an meinen Gedanken, doch ich konnte nicht erkennen, was es war. Ich versuchte, alle Zweifel auszuschalten, denn wenn ich mich nicht konzentrierte, würde ich in wenigen Minuten bereits tot sein und das war das Letzte, was ich wollte. Das grüne Schimmern des Sees schien nun meinen Geist vollständig übernommen zu haben. Nichts anderes war mehr wichtig. Ich legte eine Hand auf das Buch.

„Fertig", sagte ich.

„Bei den Flugkraken, habe ich den Bannspruch in die Amulette eingearbeitet. So etwas wird hierbei nicht ausreichen. Das Artefakt muss viel mächtiger sein, um eine Gottheit auszuhalten."

Ich sah mich um, konnte aber kein vorbereitetes Artefakt erkennen. Mein Blick wanderte über den Altar, fiel dann auf das Buch. Ich verstand.

„Aber das ist Wahnsinn! Das Buch selbst ist viel zu mächtig. Du weißt nicht, was passieren wird."

Doch die letzten Worte kamen bereits kraftlos aus meinem Mund. Ich wusste, dass es so geschehen musste. Professor Lang antwortete auch nicht mehr auf meinen Einwurf. Stattdessen hob er die Arme und begann zu summen. Sofort erkannte ich die Melodie, war sie doch eine der ältesten Überlieferungen dieser Art. Immer schon hatte ich mich gefragt, wie oft in den vergangenen Jahrhunderten mit dieser eingängigen, meditativen Weise die Götter beschworen worden waren. In der Wüste Arabiens, in den Steppen Russlands oder in den weiten Ebenen Südamerikas. Ich wusste, dass sie überall verbreitet war, ein Indiz dafür, dass das Lied so alt war, dass es vielleicht sogar noch aus einer Zeit stammte, in der es keine Zivilisationen auf der Erde gab und die ersten Menschen es direkt von ihren Schöpfern übernommen hatten.

Ich stimmte in den Gesang ein. Wir hatten es in unserer gemeinsamen Zeit schon so oft theoretisch durchgespielt, dass jeder von uns genau wusste, was zu tun war. Gleichzeitig begannen wir den fremdartigen Text zu rezitieren, der unseren Ohren so vertraut war, jedem anderen aber abartig und ungeheuer vorkommen musste, denn die Worte, die wir sprachen, schienen nichts mit der menschlichen Sprache gemein zu haben. Ich spürte wie die Luft zitterte und - ich ahnte es mehr, denn ich es sah - das grüne Wasser zu kochen begann.

Wir hatten ein gutes Drittel der Beschwörung geschafft, als mir klar wurde, warum die anderen gescheitert waren. Es gehörte mehr dazu, als nur die Worte von diesem Blatt abzulesen. Man musste hochkonzentriert bleiben. Je weiter wir im Text vorwärts schritten, desto mehr spürte ich die drückende Präsenz des Großen Alten, der langsam aus dem grün pulsierenden Tiefen des Sees hinaufstieg. Sein Bewusstsein streckte immer wieder seine schrecklichen Finger nach mir aus. Je näher es meinem Geist kam, desto mehr erahnte ich von der furchtbaren Macht, mit der wir spielten. Es schickte mir Bilder aus der Ewigkeit des Universums, von der Zeit, die es damit verbracht hatte, die Unendlichkeit des Raums zu verlassen und auf die Erde zu kommen. Die schiere Weite und Größe dieses alten Wesens ließ meinen Mut zusammenschrumpfen, wie eine vertrocknende Weintraube. Wir hatten den halben Text gelesen und ich wusste, dass dies der Punkt gewesen war, an dem die anderen gescheitert waren – aber ich lebte noch! Ich wollte leben, ich wollte weiter leben! Im Gegensatz zu den Opfern war es meine Bestimmung, mein Lebensziel, hier zu sein. Aus diesem Wissen zog ich Kraft und Mut, sammelte meine Reserven und las zusammen mit Professor Lang den dritten und damit vorletzten Absatz. Der Atem des Professors ging schnell und stoßweise. Wenn ich bedachte, wie oft er bereits an diesen Punkt gekommen war, wie viel Kraft es ihn gekostet haben mochte, immer und immer wieder von vorne anzufangen, wunderte ich mich, dass er überhaupt noch lebte.

Das Wasser des Sees bäumte sich auf. Wie eine grüne Kugel stülpte es sich nach außen, als wir den letzten Absatz des Textes begannen. Der Große Alte war erwacht, doch wir sangen weiter. Es galt, den Bann zu halten, die Macht des Gottes zu begrenzen und ihn an das Buch zu binden. Wir durften nun keinen Fehler mehr machen. Nur noch zwei Sätze trennten uns vom erfolgreichen Ende der Beschwörung. Ich sah, wie

Professor Lang schwankte. Ich hob meine Hand und legte sie ihm auf den Rücken, zur Stärkung, aber auch um ihm klar zu machen, dass er nicht versagen durfte. Ein falsches Wort, eine zu spät gesprochene Silbe konnte den Gott nun aus unseren Händen gleiten lassen und dann wären wir alle verloren.

Ein Satz noch. Das Wesen erhob sich aus dem See. Ich bin sicher, dass ich etwas anderes sah als Professor Lang, dass sich das Wesen nur für mich eine andere Form gab, als für ihn. Ich sah eine Spiegelung des Universums, eine konzentrierte Fassung der Ewigkeit. Es war mehr ein Fühlen. Ich spürte seine Macht erneut, es drängte mich, aufzugeben, drang mit seinen Fühlern in meinen Geist ein, schlang sich in meine Synapsen und wollte mich in die Knie zwingen. Ich wusste nicht mehr was ich sah, die Worte verschwammen vor meinen Augen, nur noch vier Worte. Doch ich musste die Augen schließen. Ich hörte an Professor Langs Atem, dass es ihm ähnlich erging, doch wir kannten den Text auswendig. Und so sangen wir wild entschlossen die letzten Worte, noch drei, noch zwei ...

Da bekam ich einen schrecklichen Schlag auf den Kopf und stolperte nach vorn. Die

Luft entwich meinen Lungen und das letzte Wort verhallte ungehört zwischen meinen Zähnen. Ich hörte einen dumpfen Knall und sah, als ich die Augen öffnete, dass Professor Lang blutend neben mir lag. Alles war verloren. Dann geschahen viele Dinge zur selben Zeit.

Eine starke Hand zog mich in die Höhe.

„Kommen Sie!" Ich drehte mich um und sah in den Schatten hinter mir einen Mann stehen, in seiner Hand das geschlossene Necronomicon. Schwarzkopf, dachte ich, dieser Idiot! Doch dann kam der Mann einen Schritt näher und Licht fiel wieder auf sein Gesicht. Es war Schnitzler! Er war nicht tot. Aber ich hatte ihn doch schreien hören. Wenn er es nicht gewesen ist, dann musste Schwarzkopf nun tot sein. Doch diese Gedanken spielten eine untergeordnete Rolle. Ich war unsanft aus der Trance gerissen worden und fühlte mich nun so empfindlich wie ein neugeborenes Baby. Ich wollte ihn anschreien, ihm das Buch aus der Hand reißen, doch der Bann war gebrochen und ich erkannte, dass er das einzig richtige getan hatte. Wie hatte ich annehmen können, ich sei stark genug, um den Großen Alten zu kontrollieren? Mein Hochmut brach zusammen und ich war dem Soldaten, den ich für tot gehalten hatte, plötzlich unendlich dankbar. Die Betäubung, die meinen Geist erfasst hatte, sobald ich in die Nähe des grünen Sees gekommen war, die Beeinflussung meiner Gedanken und Manipulation meiner Wünsche und Gefühle, all das fiel wie ein Schleier von mir und ich konnte wieder klar denken.

Die Erde rumorte unter unseren Füßen. Sofort drehte ich mich um und sah das Wesen auf uns zu rollen. Ich schloss sofort meine Augen, doch wieder drang der Gott in mein Bewusstsein ein. Ich war verloren, dachte ich. Das ist das Ende und meine gerechte Strafe. Ich wollte auf die Knie fallen und in Demut mein Leben aushauchen, als ich den unwirklichsten Ton vernahm, den ein menschliches Gehör in der Lage ist, aufzunehmen.

Ich öffnete die Augen und sah, wie sich die Flugkraken auf den Großen Alten stürzten. Wie alt musste dieser Hass sein, den diese Wesen in sich trugen, wie alt ihre Macht. Wie konnte ich nur entfernt annehmen, solches zu kontrollieren.

„Los, kommen Sie!" Schnitzler behielt wieder die Nerven, sicherlich verdankte er es dieser Eigenschaft, in diesem Wahnsinn so lange überlebt zu haben.

Ich entsann mich meines Plans und stand auf. Da der Bann von mir gefallen war, konnte ich den Großen Alten nun in seiner wahren, abstoßenden Form erkennen. Er war riesig, in der Mitte des Körpers schlugen fünf Tentakel um sich, auf dem Rücken spannten sich gewaltige Flügel, die das Wesen durch Raum und Zeit tragen konnten. Ich war wieder fasziniert von der Form und der Eleganz, mit der es sich den Flugkraken entgegenwarf. Doch bevor ich mich erneut verlieren konnte, zog Schnitzler mich mit sich fort.

„Was ist mit Professor Lang?", fragte ich.

„Der ist verloren." Schnitzlers Analyse der Situation war eiskalt und traf den Nagel auf den Kopf. Mit seiner blutenden Kopfwunde hatte sich der Professor aufgerichtet. Ungläubiges Entsetzten und Faszination mischten sich in seinem Blick. Ich rief ihm zu, doch er erkannte mich nicht mehr. Mit weit geöffneten Armen schritt er auf die kämpfenden Kontrahenten zu.

„Ich bin Dein Herr, Großer Alter! Gehorche mir, weiche zurück!" Dabei hielt er das Amulett mit den Tentakeln wie eine leuchtende Fackel in die Höhe. Die Kraken wichen tatsächlich zurück, fürchteten sie doch den Bann des Anhängers. Der Große Alte jedoch war entfesselt und ungebunden. Er ließ seine Fangarme nach vorne schnellen, umschlang damit den Professor und hob ihn in die Höhe.

Ich schloss die Augen, da ich das grausige Ende meines Freundes, und mochte er noch so weit vom Weg abgekommen sein, nicht mit ansehen wollte.

Doch seine Schreie werde ich nicht vergessen. Oft wache ich noch heute in der Stille der Nacht auf und kann sie hören, erlebe diese Stunden wieder und wieder.

Schnitzler war meine Rettung. Er zog mich hinauf, führte mich durch das Labyrinth, durch das ich alleine nie wieder hinausgefunden hätte.

Wie liefen und liefen, überquerten Spalten und passierten Gänge. Wir rannten durch diesen Irrgarten, in den die Flugkraken seit Jahrhunderten eingesperrt gewesen waren.

Mit wenigen, großen Schritten hatten wir die erste Grabkammer durchquert, den Ort, an dem der Wahnsinn seinen Anfang genommen hatte. Im nächsten Gang, an Richards Spalte blieben wir keuchend stehen, um Luft zu holen.

„Was ...", fragte ich atemlos, „was ist mit Schwarzkopf geschehen?"

„Er hat mir aufgelauert", sagte Schnitzler kühl. „Er warf mir vor, ein Verräter zu sein, mit dem Feind gemeinsame Sache zu machen. Als ich ihn damit konfrontierte, dass der Krieg vorbei und verloren sei, ging er auf mich los. Ich habe den Wahnsinn in seinen Augen gesehen. Aber das war nicht das Ergebnis des Großen Alten, nein, das war sein persönlicher Wahnsinn, den der SS-Obersturmbannführer schon immer in sich getragen hat. Ich weiß nicht, wer das größere Monster in diesen Höhlen war, Schwarzkopf oder das Tentakelwesen." Er schüttelte den Kopf. „Er hat auf mich geschossen. Zwei Mal."

„Das habe ich gehört", sagte ich. Die Erde bebte erneut. „Es folgt uns!", rief ich dann aber. „Wir müssen hier raus! Es darf nicht entkommen. Oh mein Gott, was haben wir getan?" In meinen Gedanken sah ich eine verwüstete, geknechtete Welt. Landstriche so kahl wie die Wüste, Menschen ohne freien Willen. Das durfte nicht geschehen. „Wir müssen raus. Vielleicht hat Rosstein es ja geschafft."

Wir begannen zu laufen. „Trotzdem, was geschah mit Schwarzkopf?"

„Ich habe nichts getan. Der Wahnsinn hat seinen Blick getrübt. Er schoss daneben. Seine Hand war unsicher, sein Hass auf mich zu groß."

„Aber der Schrei?", fragte ich entsetzt, weil ich ahnte, was kommen würde.

„Sein Tritt war so fehlerhaft, wie sein Auge." Inzwischen näherten wir uns bereits der großen Eingangshalle. Schnitzler fuhr fort. „Er ist in die Richards-Spalte gestürzt. Dort liegt er nun bei den Opfern, die er auf dem Gewissen hat, als er sie dort hinuntergejagt hat."

„Irrtum!"

Wir waren in der Eingangshalle angekommen. Rosstein hatte einen Haufen Munitionskisten an dem riesigen Dampfkessel angehäuft und mit einem Zünder versehen. Weitere Stapel Sprengstoff hatte er aus dem Vorratsgang an strategisch wichtigen Säulen der Halle platziert. Ich sah mit einem Blick, dass er ganze Arbeit geleistet hatte. Ebenso wie SS-Oberstumbannführer Schwarzkopf, der ihm seine Walter P-38 an den Kopf hielt.

Ich sackte in mich zusammen, bevor ich

noch wusste, was Schwarzkopf von uns wollte. Wir waren verloren, dachte ich. SS-Obersturmbannführer Schwarzkopf grinste irre, als er in der anderen Hand eine deutsche Stabhandgranate hochhielt. Seine Uniform war zerrissen und blutig. Sein linkes Bein wirkte gebrochen, es war direkt unter dem Knie verdreht. Kein normaler Mensch würde diese Schmerzen aushalten, doch Schwarzkopf war weit entfernt davon, sich wie ein normaler Mensch zu benehmen. Die Erde bebte. „Ah!" Der SS-Mann blickte auf, sein Blick schien irgendwo hinter uns heften zu bleiben. „Sie haben es geschafft! Sie haben den Großen Alten geweckt! Unsere Wunderwaffe. Der Führer wird begeistert sein. Meinen Respekt. Es ist zwar peinlich, aber das Deutsche Reich wird seinen amerikanischen Freunden auf ewig zu Dank verpflichtet sein."

„Sie sind irre", schrie ich. „Wir haben nur noch Sekunden, um zu entkommen! Lassen Sie uns gehen oder wir kommen alle gemeinsam um."

Doch Schwarzkopf lachte nur, dann fixierte er den Soldaten Schnitzler. „Das Buch. Los, Soldat, geben Sie mir das Necronomicon!"

„Geben Sie auf, Schwarzkopf", rief

Schnitzler. „Der Krieg ist verloren! Hitler ist tot. Es ist vorbei. Jetzt müssen wir uns retten."

Ohne mit der Wimper zu zucken, und ohne Vorwarnung schoss Schwarzkopf. Die Kugel traf Schnitzler in den Fuß. Der Soldat sackte sofort zusammen und stöhnte.

„Der Krieg ist erst dann zu Ende, wenn es keinen mehr von uns gibt. Ich weiß nicht, wer die Kapitulation ausgehandelt hat, aber sie ist das Werk von Verrätern. Sie ist für mich nicht gültig. Ich habe einen Auftrag und den werde ich erfüllen."

Die Erde bebte erneut, ich konnte bereits das Surren der Flugkraken hören, die durch die erste Grabkammer geflogen kamen, auf der Spur des Großen Alten, der jeden Augenblick hinter uns auftauchen musste.

„Geben Sie mir das Buch. Damit werde ich ihn aufhalten und den Krieg weiterführen. Der Sieg ist nahe!" Schwarzkopf zielte mit der Waffe nun auf mich. Ich hatte keine andere Wahl. Ich trat neben Schnitzler und schob dem SS-Mann das Buch mit dem Fuß hinüber. Ich hatte mit einiger Kraft getreten, aber das Buch erreichte ihn nicht ganz. Schwarzkopf machte einen gierigen, unbedachten Schritt nach vorne. Mit einem hässlichen Knirschen brach sein linkes Bein nun vollständig und vor Schmerz schreiend sackte der Uniformierte zusammen. Ich bückte mich, schnappte mir das Buch und seine Pistole. Rosstein sprang geistesgegenwärtig hinzu und entriss dem SS-Mann die Handgranate, entsicherte sie und warf sie in den Haufen Munitionskisten, die am Dampfkessel aufgetürmt waren. Gemeinsam hoben wir Schnitzler auf und trugen ihn zum Tor. Er riss sich das Amulett von Hals und steckte es in das vorgesehene Schloss.

Keinen Moment zu früh öffnete sich das Tor. Die Fangarme des Großen Alten schnellten bereits durch die Halle, verfingen sich in dem auf den Boden liegenden SS-Obersturmbannführer, als wir aus dem Stützpunkt flohen. Rosstein hatte die Sekunden gezählt, seitdem er die Granate entsichert hatte. Als die Flugkraken auf die geöffnete Schleuse zugeflogen kamen, warfen wir uns bereits draußen in den Schnee.

„Jetzt", brüllte Rosstein. Die Detonation war gewaltig. Zuerst explodierte die Munition, nur Sekunden später wurde der Fels durch die Detonation der Sprengstoffe erschüttert. Gesteinsbrocken flogen durch die Luft, schlugen wie Granaten um uns herum ein. Schwarzer Rauch umhüllte uns und nahm uns die Sicht. Doch fühlten wir dafür umso genauer die dritte Explosion, die sich viel weiter in die Tiefe fortsetzte, ein dauerndes Echo nach sich ziehend. Die Felsplatte auf der wir uns befanden wurde durchgeschüttelt, wie bei einem Erdbeben. Dann neigte sie sich zur Seite und wir rutschten in Richtung Toröffnung, als die Felsen der Oase in sich zusammen fielen und den Stützpunkt der Deutschen für immer unter sich begruben, Und mit ihm alles, was sich noch in seinem Inneren befand, lebendig oder tot.

„Die letzte Explosion, das war der Kessel. Der Druck, der durch die Rohre ging, hat die Zerstörung bis in die Tiefe getragen." Rosstein konnte nicht umhin, selbst in dieser Situation zu dozieren und seine Überlegungen darzulegen. Doch seine Stimme klang gepresst, längst nicht so unbeteiligt, wie ich es von ihm gewohnt war.

Als der Rauch verzogen war, sollte ich auch verstehen, warum. Doch zuerst blickte ich dorthin, wo vormals die Felsformation der Boreas-Oase gewesen war. Statt solidem Felsmassiv erblickte ich nur noch einen riesigen Haufen aus schwersten Steinen, aufgetürmt zu einem riesigen Grabmal, zu Ehren des Großen Alten und des Größenwahns Professor Langs. Nichts und Niemand würde jemals wieder aus diesem Grab emporsteigen können. Ich sah zum Himmel und bemerkte den Schwarm schwarzer Vögel, der um uns kreiste.

„Ob der Große Alte nun tot ist?", fragte Schnitzer keuchend. Sein Fuß blutete.

„Nein, sagte ich. „Nichts in dieser Welt kann den Großen Alten töten. Aber er wird wohl wieder schlafen. Solange, bis ihn jemand weckt. Aber ich hoffe, dass verhindern zu können." Ich presste das Buch an mich und sah Rosstein an. Er lag auf dem Rücken und stieß mit seinem Atem kleine Wolken in die Luft. Sein linker Arm war blutig. Ein Stein der explodierenden Höhle hatte ihn getroffen. Ich stand auf, ignorierte die Wunden meines Freundes.

„Niemand darf je erfahren, was hier geschehen ist."

Als ich beim Wrack ankam, war ich erneut überrascht. Die Flugkraken hatten ganze Arbeit geleistet, denn von der einstmals so stolzen DC-47 war nicht mehr viel übrig außer einigen Stahlteilen und ein paar zerfetzten Sitzen. Der Schnee des kommenden Winters würde sich gnädig über dieses grausame Schauspiel ausbreiten, hoffte ich und so würde niemand mehr etwas von den Geschehnissen erfahren.

Dann ging ich hinüber zu den Resten unseres Flugzeugs und wühlte solange darin herum, bis ich Johnny-Boys Gepäck gefunden hatte. Darin befand sich ein funktionierendes Hochleistungs-Funkgerät. Dieses schnallte ich mir auf den Rücken, zusammen mit etwas Proviant, den ich in einer Kiste entdeckte. Dann ging ich zurück zu meinen Rettern. Dort warf ich ihnen die Pistole des SS-Mannes vor die Füße.

„Es sind noch zwei Schuss Munition darin", sagte ich kalt. Ich wappnete mich innerlich gegen das, was nun kommen sollte. Mein Herz schottete ich ab, schichtete einen Panzer darum, den ich mein Leben lang nicht mehr ablegen sollte.

„Ich werde zur Küste wandern. Ein U-Boot oder eine DC-47 wird mich dort aufnehmen." Ich klopfte auf das Funkgerät auf meinem Rücken.

„Wann wirst du wieder hier sein?", fragte Schnitzler und hielt sich den blutenden Fuß, in dem verzweifelten Versuch, die Wunde zu stillen.

„Vergiss es", sagte Rosstein trocken. „Wir sind tot."

„Wieso?", brauste Schnitzler auf. Es war das erste Mal, dass ich sah, wie er den Kopf verlor. „Der Große Alte ist besiegt, Schwarzkopf ist tot!"

„Weil wir verletzt sind, deshalb. Wir würden den Marsch zur Küste nicht überleben." Er zeigte auf den Himmel, an dem sich schwarz die Wolken türmten. „Der Sommer geht zu Ende. Es wird noch kälter. Wie sollen wir es schaffen, selbst wenn es nur wenige Kilometer wären."

„Aber das Flugzeug kann uns holen! Wir haben ein Funkgerät!"

„Bei dem Sturm? Du weißt selbst besser darüber Bescheid. Stürme können hier Tage dauern. Wir werden es nicht überleben. Er muss alleine gehen. Selbst wenn er uns retten könnte, würde er es nicht tun", erkannte Rosstein meine geheimsten Gedanken.

„Warum sollte ich so handeln?", fragte ich ihn, wusste aber, dass er Recht hatte.

„Du willst das Buch verstecken. Je weniger davon wissen, desto besser. Eine solche Macht gehört nicht in die Hände von Menschen, geschweige denn Regierungen, nicht wahr? Und je mehr von uns zurückkommen, desto wahrscheinlicher wird es, dass man die wahre Geschichte erfährt."

Ich nickte. „Das wäre das Ende der Menschheit. Ich habe diesen Fehler dort unten erkannt." Mehr traute ich mich nicht, meinem alten Freund und Wegbegleiter zu sagen. Jedes weitere Wort wäre nur ein größerer Verrat unserer Freundschaft gewesen. So wandte ich mich an Schnitzler. „Ich werde mein Versprechen halten. Ihre Frau und ihr Sohn, ich werde mich darum kümmern."

Er nahm sich das Amulett vom Hals. „Geben Sie es ihm."

Ich nickte, deutete dann auf die Waffe, die Rosstein inzwischen in der Hand hielt. „Es sind noch zwei Schuss darin", wiederholte ich. Dann wandte ich mich wortlos ab und ging Richtung Norden. Jeden Moment erwartete ich den Knall, den Schmerz im Rücken, wenn sie auf mich schießen würden, doch er kam nicht. Niemand schoss auf mich. Also ging ich weiter. Immer weiter, bis zur Küste. Erst dort, weit genug entfernt, um zu hoffen, die Position der Boreas-Oase nicht wieder finden zu können, erlaubte ich mir, mit dem Funkgerät Kontakt aufzunehmen. Die ganze Zeit über begleitete mich der Schwarm schwarzer Vögel, der mit mir den Ort des Geschehens verlassen hatte.

Henry sah von dem Brief auf, den sein Vater ihm hinterlassen hatte. Er holte tief Luft, bevor er die letzten Seiten lesen wollte. Das Buch in seiner Hand war immer schwerer geworden, je länger er gelesen hatte. Auch der Schwarm schwarzer Vögel war wieder zurückgekehrt. Ziegenmelker, dachte Henry. Er hatte sie das erste Mal gesehen, als er, wie sein Vater, in Arkham studiert hatte. Aber hier wirkten sie fehl am Platz. Sie gehörten nicht hier her. Es schien Henry, als näherten sie sich ihm langsam. Immer enger wurden ihre Kreise, die sie um ihn zogen. Aber kreisten sie wirklich um ihn, fragte er sich. Oder wurden sie von dem Buch angezogen? Er verdrängte diese trüben Gedanken und las den Rest des Briefes.

Ich war in einer fürchterlichen Verfassung, als ich dem Admiral Rede und Antwort stehen musste. Nichts erzählte ich von unseren Erlebnissen, konstruierte einen „normalen" Flugzeugabsturz. Die DC-47 sei in einen Schwarm schwarzer Vögel geraten, die augenblicklich durch den Aufprall den Motor ruiniert und die Scheiben des Cockpits durchschlagen hatten. Ich war der Einzige der überlebt hatte. Der Admiral hatte keinen Grund mir zu misstrauen. Obwohl er einen weiteren Rettungsflug befahl, kehrte diese Maschine schnell unverrichteter Dinge zu dem Flugzeugträger zurück. Das Wetter war zu schlecht. Also machte sich die geheime Einsatzmannschaft auf den Weg zurück zur Flotte, die zusammen mit den anderen Einheiten die Operation Highjump erfolgreich abschloss. Niemand sollte je von unserer missglückten Mission erfahren.

Heinrich, mein Sohn. Wie ich es deinem Vater versprochen habe, bin ich nach diesem Abenteuer nach Deutschland gereist und habe deine Mutter geheiratet, um mich um Euch zu kümmern. Nun bist du erwachsen und deine Mutter bereits lange tot. Vielleicht war es ein Fehler gewesen, sie mit zu uns in die Staaten zu nehmen. Aber ich hoffe, dass es dir gut geht. Ich hinterlasse dir das Buch, Heinrich. Ich konnte es nicht zerstören, ebenso wenig das Amulett, das ich von deinem Vater erhalten habe. Feuer kann diesen mächtigen Artefakten nichts anhaben, ebenso wenig wie Gewalt oder Sprengstoff. Mir blieb nichts anderes übrig, als sie mein Leben lang vor den gierigen Händen machthungriger Menschen zu verstecken. Vor ihnen konnte ich davon laufen, aber nicht vor meinem eigenen Gewissen, meinen Alpträumen. Ich weiß, dass es Menschen gibt, die die Macht des Necronomicons suchen. Sie hatten mich gefunden. Ich weiß nicht woher sie es wussten, aber ich konnte fliehen und es verstecken. Mein Leben lang war ich auf der Flucht vor den Schergen der ODESSA, die das begonnene Werk zu Ende bringen wollten. Vielleicht verstehst du nun, dass ich Euch verlassen musste. Ihr wäret nicht sicher gewesen, in meiner Nähe.

Ich habe nicht viel, was ich dir hinterlassen kann. Aber dafür ist mein Erbe umso gewichtiger für dich. Heinrich, bewahre das Buch auf, schütze das Amulett. Niemals darf es in die Hände anderer Menschen gelange. Mein Rat an dich: Verstecke alles, trage es immer bei dir, meide die Menschen, so wie ich es getan habe. Es fällt mir nicht leicht, das einzugestehen, aber ich befürchte diese Artefakte sind der Fluch, der nun über unserer Familie liegt. Aber du wirst einsehen, dass es nicht anders ging. Wie gering ist unser Schmerz, unser Schicksal im Vergleich zu dem Wissen, dass wir die ganze Menschheit vor dem Untergang bewahren. Trage dies in deinem Herzen."

Heinrich stand auf und ging mit steifen Beinen in das Haus, das seinem Stiefvater gehört hatte. Auf der Terrasse war der Lärm der Vögel unerträglich geworden, so dass er keinen klaren Gedanken fassen konnte. Aber genau das war es, was er nun brauchte. Er musste nachdenken.

Heinrich setzte sich an den einfachen Küchentisch und ließ seine Gedanken zu. Endlich kannte er die Geschichte seines Stiefvaters, wusste, wie sein leiblicher Vater zu Tode gekommen war. Er wusste nicht, ob er Hobbs jetzt dafür hassen sollte, dass er seinen Vater im Stich gelassen hatte. Er befühlte das weiche Leder des Buches und ließ die kalte Kette des Anhängers durch die Finger gleiten. Diese Artefakte, wie oft hatte er von ihnen gelesen, als er in Arkham die dunklen Künste studiert hatte. Er war auf den Pfaden seines Stiefvaters gewandelt, hatte die Bücher gelesen, aus denen auch Professor Hobbs gelernt hatte, oder die Professor Lang geschrieben hatte. Die Welt hatte sich verändert, seit dem Zwischenfall in der Antarktis. Vieles ist vergessen worden, dachte er. Doch nicht alles.

Seit er als jüngstes Mitglied in die ODESSA, die Organisation ehemaliger SS-Angehöriger, aufgenommen worden war, hatte er Möglichkeiten gefunden, seine Wut zu kanalisieren. Man hatte ihn aufgeklärt, seinen Weg gezeichnet. Er hatte eine Mission gehabt. Man hatte ihm, wie früher, die Blutgruppe auf den Innenarm tätowiert. Darunter befand sich nun das Bild eines stilisierten Tentakels.

Hätte er nur früher gewusst, wo sich sein Stiefvater versteckt hielt, dann wäre vieles anders gekommen, dachte er. Aber das Resultat blieb das Gleiche.

Er griff zu seinem Satelliten-Telefon, da das normale Mobilfunktelefon hier draußen keinen Empfang hatte. Sein Stiefvater war viel zu gutgläubig gewesen, dachte er. Ein bisschen tat er Henry nun auch leid. Wenn er gewusst hätte, wen sein Vater seinem Stiefvater da in die Arme gelegt hatte, würde er sich im Grabe umdrehen. Friedrich Schnitzler, der deutsche Geheimdienstagent, der in der Antarktis gestorben war, war ein Mann mit Visionen gewesen, alles andere als ein einfacher Soldat. Heinrich war stolz auf ihn, schließlich hatte er durch das

Versprechen, dass er Professor Hobbs abgerungen hatte, erst ermöglicht, dass seine Mutter und er tief ins Herz des Feindes eindringen konnten. Gut, seine Mutter hatten sie erwischt. Aber vorher hatte sie ihm noch alles beigebracht, was er wissen musste. Und die richtigen Kontakte genannt.

Im Hörer des Telefons erklang das Freizeichen. Ob ich das Richtige tue, fragte sich Henry, kurz von seinem Gewissen geplagt, dass durch den Brief wieder aufgewühlt worden war. Doch dann war keine Zeit mehr für Zweifel. Sein Kontakt hatte das Telefonat angenommen.

„Ja, Herr Obersturmbannführer. Ich habe das Buch. Die nächste Phase kann beginnen. Wir können den Großen Alten wecken."

Draußen, in der Wüste, erhoben sich auf einen Schlag die Ziegenmelker und kreisten laut kreischend um die Hütte, bevor sie sich auf den Weg in die Antarktis machten.

Marias Hochzeit

"Hey, Maria, wann kommst du denn mal bei mir vorbei?" Die Männer in der Kantine lachten, doch Maria zog es nur den Magen zusammen. Sie hasste diese Anzüglichkeiten, diese brutale verbale Gewalt, die diese Männer über die wenigen Frauen in dieser abgelegenen Minenstadt, hoch oben am Ende der Welt, ausüben wollten. Verdammte Männer, dachte sie. Doch sie wusste sich zu wehren.

"Ach Juho, ich weiß doch, dass bei dir nichts für mich rausspringt!", rief sie dem großen, bulligen Mann zu, während sie ein paar Teller dampfender Suppe an einen Tisch brachte. Die anderen Männer johlten jetzt. Maria hatte gelernt, schlagfertig zu sein. Sie hatte es lernen müssen, denn sie war eine der letzten Frauen, die es hier oben an der Grenze zum Eismeer überhaupt noch gab.

"Dann bring mir wenigstens noch ein Bier, ja?" Juha gab sich versöhnlich. "Mit dir darf ich es mir nicht verscherzen, sonst krieg ich in diesem Kaff nichts mehr zu trinken." Er grinste sie an. Maria reagierte nicht. Sie ging wortlos hinter die Theke. Keine Schwäche zeigen. Das war wichtig. Das war die einzige

Möglichkeit sich zwischen diesen ausgehungerten Tieren zu behaupten. Männer, die tagelang unter der Erde schufteten. Die zwischen der Hitze der Mine und der ewigen eisigen Kälte pendelten, die das Land fest im Griff hatte, das ganze Jahr über. Sie nahm ein weiteres Glas aus dem Regal und zapfte das Bier ohne Schaum bis zum Rand. Die Männer mochten keine Verschwendung. Jeder Tropfen war kostbar. Die Tür ging auf und mit einem Heulen fegte der eiskalte Wind hinein. Kurz konnte Maria den Schnee riechen, den der Wind teilweise meterhoch an den Wänden der grauen, eintönigen Gebäude aufgetürmt hatte. Es hatte seit Tagen nicht aufgeklart. Der Sturm fegte über diesen Ort, als ob es keinen anderen gäbe. Die Siedlung war nicht groß. Ein paar Betonbauten, in denen die wenigen Menschen hausten, daneben die Minengebäude, das war alles. Ein kleiner, dick in Tierfelle eingepackte Mann kam mit festen, kurzen Schritten auf die Theke zu. Die Bergleute wichen zurück und machten ihm Platz.

"Verdammte Nonit", flüsterte einer, worauf ihn Juha anstieß und aufforderte ruhig zu sein. Die "Wilden", wie die Minenarbeiter die Einheimischen nannten, lebten draußen, in der eisigen, kargen Landschaft des Nordens. "Tabak", sagte der Wilde. „Schnaps." Sein Gesicht war vom Wind und der Kälte braun und ledig, seine Augen sahen aus, als hätten sie noch nie gelacht. Die Männer murrten, aber Maria behielt ihre Ruhe. Sie legte ein Päckchen Tabak und eine Flasche klaren Schnaps auf die Theke. „Mehr", sagte der Nonit. Er griff mit seiner Hand in die Tasche und holte ein paar alte zerknitterte und zerrissene Geldscheine heraus. „Tabak", wiederholte der Nonit. „Schnaps." Maria gab ihm ein halbes Dutzend Flaschen und ebensoviel Tabak. Mit dem kalten Wind, der den Wilden bei seiner Ankunft begleitet hatte, verließ der Nonit die Kantine wieder. Als Juha sein Glas hob, um sein Bier zu leeren, entdeckte er darunter einen Zettel mit Marias Zimmernummer.

"Wieviel?", fragte Juha schüchtern, als er am Abend im Flur von Marias kleiner Wohnung stand. Er hatte seine Fellmütze in der Hand und wirkte in dieser Umgebung eher wie ein tapsiger Bär. Maria starrte ihn verständnislos an, dann begriff sie und schüttelte den Kopf.

"Komm her", sagte sie leise und zeigte

neben sich auf das Bett. "Ich wollte heute Nacht nicht alleine sein." Juha kam näher, legte seine Mütze vorsichtig auf einen Sessel.

"Warum?", fragte er, zog seine Jacke langsam aus, immer darauf bedacht, mit seinen langen, muskulösen Armen nichts zu streifen oder herunterzuwerfen. Offensichtlich war ihm die Wohnung zu eng. Sie bestand nur aus einem Raum und einer kleinen Küche. Selbst hier draußen konnte man sich von dem Gehalt einer Kellnerin nicht viel leisten. Daher bestand auch mitten in der eisigen Unendlichkeit dieses Landes die Not zur umbauten Enge. Maria seufzte.

"Sie machen mir Angst", log sie.

"Wer, die Wilden?"

Maria nickte. Sie hatte es gleich gespürt, diese Aufregung, als sie den Nonit gesehen hatte. Er trug den Geruch von Weite mit sich, ein Geruch, der etwas tief in ihr zu berühren schien. Etwas, von dem sie lange geglaubt hatte, dass sie es nicht besaß. Hoffnung, vielleicht. Seitdem klar geworden war, dass die Mine geschlossen werden sollte, hatte sie sich gegen eine Versetzung gewehrt. Sie hatte bleiben wollen. Wo hätte sie auch hingehen sollen, da war niemand der auf sie wartete, außer der Einsamkeit einer großen Stadt, die ihr die Luft zum atmen nehmen würde. Oder der Gewalt der Männer, denen sie sich über kurz oder lang ausliefern würde, nur um dem Alleinsein zu entkommen. Verdammte Männer, dachte sie. Maria lehnte ihren Kopf an Juhas Schultern, der sich neben sie gesetzt hatte und nahm seine Hand.

"Sie machen mir Angst. Was ist, wenn sie heute Nacht in die Siedlung kommen? Ich bin ganz alleine."

"Da brauchst du dir keine Gedanken machen", sagte Juha leise. "Sie wollen nicht zu uns. Sie meiden die Siedlungen und die Städte. Sie leben draußen in der Natur. Sie jagen und fischen. Mit ihren Hundeschlitten ziehen sie ruhelos über das Land und manchmal sogar weit hinaus aufs Eis."

"Aber der Nonit in der Kantine, er war nicht der erste, den ich heute gesehen habe. Da waren noch mehr, und es scheinen noch weitere zu kommen." Juha schwieg eine Weile, während er ihre Hand streichelte.

"Ich glaube", sagte er langsam und gedehnt, "es ist heute wieder soweit. Ich habe davon gehört. Wenn die Sterne günstig stehen, versammeln sie sich an einem nahe gelegenen Ort, um ihre Götter anzubeten. Es heißt … ach, das erzähle ich dir lieber nicht, sonst bekommst du noch mehr Angst." Maria kuschelte sich in seinen Arm, blickte ihn von unten her an.

"Wenn du bei mir bist, habe ich keine Angst. Erzähl!" Sie hatte Mühe, ihre Ungeduld zu unterdrücken. Juha lies sich auf dem Bett zurückfallen und zog Maria mit sich. Er küsste sie.

"Es heißt, dass sie dort Menschen opfern, um von den Göttern, die aus dem Meer aufsteigen, reichlich Fisch und wilde Tiere zugedacht zu bekommen. Außerdem wählt der Fischgott dort seine Braut." Maria fröstelte unwillkürlich. "Aber das ist natürlich Unsinn", versicherte er ihr, als er ihre Gänsehaut bemerkte. Sie richtete sich auf und küsste ihn dankbar.

Eine Weile später schälte Maria sich aus den Laken und begann, sich anzuziehen. "Was hast du vor", fragte Juha, der langsam einzuschlafen begann.

"Ich gehe hin." Jegliche Angst war aus Marias Stimme verschwunden. Entschlossen suchte sie ihre Kleider zusammen und begann sich warm einzupacken.

"Wohin?", grunzte Juha, der Schwierigkeiten hatte, wach zu bleiben.

"Zu den Wilden." Maria hatte nicht lange

überlegen müssen. Dort war etwas, was sie magisch anzog. Der Gedanke an den Nonit, an den Schnee, die Weite und die erhoffte Urgewalt des Rituals hatten sie aufgewühlt. Sie konnte förmlich spüren, wie hinter den kleinen Hügeln, die die Siedlung vom Meer trennten, die Männer zusammenströmten. Dort musste sie hin. Sie musste es sehen. Jetzt wusste sie, warum, sie hier geblieben war.

Maria fror, als der Wind ihr Böe um Böe ins Gesicht schleuderte. Winzige, scharfe Schneekristalle stachen wie Nadelspitzen in ihre Haut. Obwohl es bereits spät war, wurde es nicht richtig dunkel. Am Himmel zogen schwere finstere Wolken grau über sie hinweg, aber das wenige Licht der Siedlung spiegelte sich in ihnen und erhellte den Schnee in der Umgebung. Sie stapften durch die hohen Wehen, auf einen kleinen Pass zwischen den Hügeln zu.

"Ich weiß gar nicht, warum ich mitgegangen bin", rief Juha gegen den Wind an. Es hatte endlich ein wenig aufgehört zu schneien, trotzdem waren sie bereits nach kurzer Zeit mit einer weißen Schicht überzogen.

"Damit du mir zeigen kannst, wo es stattfindet!" Maria wusste, dass das nicht stimmte. Er hatte ihr bereits gesagt, dass die Wilden auf dem alten Schiff zusammenkommen würden, das vor Jahren auf die Klippen aufgelaufen war. Juha hatte einfach ein schlechtes Gewissen. Er wollte sie nicht alleine gehen lassen, konnte sie aber auch nicht aufhalten. Darum blieb ihm nichts anderes übrig, als ihr zu folgen. Am liebsten wäre sie aber alleine gegangen. Sie mochte es nicht, in ihren Entscheidungen von einem Mann abhängig zu sein.

Sie erreichten die Kuppe und zogen ihre Kapuzen tiefer ins Gesicht. Der Wind blies nun auch noch vom Meer und sie konnten die aufpeitschende Gicht auf der schwarzen See erkennen. Rechts von ihnen, dort, wo das Land sich wagemutig in den Ozean erstreckte, sahen sie das Schiff. Ein Eisbrecher, verrostet, aber aufrecht auf den spitzen Felsen stehend. Schnee und Eis hatte sich an den Seiten aufgetürmt, so dass man es zu Fuß erreichen konnte. Und auf dem Heck, der dem Meer zugewandten Seite sahen sie den Feuerschein. Tänzelnde Flammen schienen das Schiff in eine glühende Hülle zu betten. "Komm weiter", rief sie Juha zu. "Ich kann noch nichts sehen!" Maria war aufgeregt, noch nie hatte sie so etwas Schönes gesehen. Die natürliche Gewalt der Landschaft, die vergängliche Technik der Menschen und die Ewigkeit des göttlich-archaischen Rituals faszinierten sie. Hier wollte sie sein. Wie ein kleines Kind lief sie aufgeregt den Hügel hinab, Juha konnte kaum Schritt halten.

"Nicht noch näher!", rief er ihr hinterher. "Die sind gefährlich, wir sollten zurück… Menschenopfer …" Seine letzten Worte blies der Wind davon. Als Maria sich dem Schiff näherte, bemerkte sie die Spur, die die Wilden im Schnee hinterlassen hatten. Es mussten viele sein, die nun dort oben auf dem Schiff standen. Eine Strickleiter hing von der Reling bis vor ihre Füße. Plötzlich hörte sie etwas durch den Wind hindurch. Juha hielt keuchend neben ihr an. Er atmete schnell, sein Gesicht war trotz der Kälte schweißnass.

"Komm zurück!" Er packte sie grob am Arm und zog sie zu sich, doch Maria riss sich los.

"Hör doch!", flüsterte sie. "Trommeln." Tatsächlich dröhnten leise Schläge durch die Nacht, wanden sich direkt unter dem Heulen des Windes durch die Luft, ließen das Schiff erzittern, den Boden beben. Juha packte Maria noch einmal mit beiden Händen und zog sie zu sich. Seine Augen waren weit vor Angst.

"Lass uns gehen! Das ist mir nicht geheuer."

Maria wand sich unter seinem Griff, doch er lies nicht locker. Maria schrie innerlich auf. Wie sehr sie es hasste, gegen ihren Willen zu etwas gezwungen zu werden. Sie kochte innerlich, wehrte sich nach Leibeskräften. Sie wollte endlich frei sein. Mit schierer Gewalt zerrte Juha sie vom Schiff weg, bis sie sich schließlich fügte und den Widerstand aufgab. Er zog sie noch ein paar Meter, dann lies er sie los. Maria nutzte ihre Chance. Sie duckte sich, um seinem Griff zu entgehen, dann wandte sie sich um und rannte auf das Schiff zu. Mit einem Satz war sie auf der Strickleiter. Juha folgte ihr fluchend. Maria spürte, wie er die Leiter ebenfalls erklomm, denn die Sprossen unter ihren Füßen begannen gefährlich zu wackeln. Schließlich war sie auf dem Deck. Ohne auf Juha zu warten, schlich sie in die Richtung aus der sie die Trommelschläge hörte und den Feuerschein sah. Plötzlich war Juha neben ihr. Sie spürte seine Anwesenheit, seinen Atem.

„Still jetzt", flüsterte sie Juha zu, als sie merkte, dass er wieder anfangen wollte, auf sie einzureden. Einmal wollte sie machen, was ihr gefiel. Und sie spürte, wie es sie zu diesem Feuer zog, wie eine Motte zum Licht. Sie ging auf alle Viere hinunter und schlich nach vorne.Das Schneetreiben ließ langsam nach. Die Flocken fielen nicht mehr so dicht, sondern tanzten nur noch als kleine weiße Funken zur Erde. Vorsichtig kroch Maria näher an das Feuer heran. Schon konnte sie die Hitze spüren, die von den Flammen ausging. Hinter einem großen verrosteten Aufbau versteckten sie sich und lugten um die Ecke, um etwas zu sehen. Es waren gut und gerne sechzig Wilde, die sich auf dem Heck des Schiffes versammelt hatten. Lodernd schlugen die Flammen in den Himmel und erleuchteten die Szene. Die Nonit hatten sich in einem Kreis um das Feuer angeordnet. Einige schlugen große, hautbespannte Trommeln. Andere schienen sich wie in Trance zu wiegen. Die Flaschen, die Maria ihnen am Morgen verkauft hatte, machten die Runde. Was sie dann sah, lies ihr Herz schneller schlagen. „Verdammte Männer", dachte sie, als sie das junge Mädchen sah, das nackt an ein Holzgestell geflochten war. Auch Juha schien sie bemerkt zu haben. „Das ist das Opfer", sagte er. „Siehst du den weißen Kranz aus Eisblumen in ihrem Haar? Es ist ihre Hochzeit." Maria musterte die Szene. Das Mädchen schien trotz der eisigen

Temperaturen so nahe am Feuer nicht zu frieren. Ihre Augen waren halb geschlossen, langsam wand sie den Kopf hin und her.„Sie haben sie betäubt!", erkannte Maria. Juha nickte in der Dunkelheit. „Ja, wahrscheinlich mit dem Schnaps, den du ihnen gegeben hast. Sie warten auf ihren Gott, der aus den Fluten heraufsteigen und sie zur Braut nehmen soll. Wenn er sie erwählt, wird sie sein Kind tragen und bis zur Geburt des Sohnes die Königin der Nonit sein."

„Und wenn er sie nicht erwählt?"

„Dann wird er sie töten." Maria schwieg eine Weile. „Woher weißt du das eigentlich alles? Das ist doch alles Unsinn, als ob ein Wesen aus den Tiefen des Meeres aufsteigen würde..." Maria ließ ihrem Glauben an die Naturwissenschaften freie Bahn, aber tief in ihr wusste sie, dass es so war, wie Juha sagte. Er würde kommen. Bald. Juha antwortete nicht mehr. Seine Augen waren fasziniert auf die Szene am Feuer gerichtet. Ein Nonit war in den Kreis getreten und wartete, bis die Trommeln mit einem Schlag verstummten. In die Stille hinein, hob er ein Horn und legte es an seine Lippen. Es schien das Geweih eines riesigen Tieres zu sein, das Maria noch nie gesehen hatte. Es war in sich gewunden, weiß wie Schnee und so lang, wie der Arm des Wilden, der nun darauf blies. Ein langsamer, klagender Laut durchdrang die Nacht. Immer wieder holte der Nonit Luft und stieß den auf- und abschwellenden Ton in die Dunkelheit. Es war ein alles durchdringender Ton, der Maria bis ins Mark fuhr. Sie hatte das Gefühl, das Horn sei ein verlorenes Kalb und würde klagend nach der Mutter rufen. Immer wieder, immer jämmerlicher erklang der Ton, bis es Maria schließlich eiskalt den Rücken herunter lief. Das Wasser um das Schiff herum hatte begonnen zu brodeln.

Maria hielt den Atem an. Sie glaubte, etwas im Wasser erkennen zu können, es schien, als sei ein riesiger Fischschwarm an die Oberfläche gekommen und zappelte dort in Ungeduld, um herausgefischt zu werden. Doch anstatt sich über diese Beute herzumachen, verblieben die Nonit still auf ihren Plätzen und starrten zum Heck. Dort türmte sich mit einem Mal eine riesige Flutwelle auf, schien für einen Moment erstarrt stillzustehen und ergoss sich dann mit der Urgewalt des Meeres über das Deck. Das Feuer zischte und fluchte, es flackerte und verlosch. Nur eine kleine Flamme hielt sich wacker und erleuchtete weiter das Ritual. Mit der Welle war der Gott der Nonit aus dem Wasser gefahren. Das Wesen, mehr Fisch als Mensch, mit einem schuppigen, ausgebeulten Rücken, stand gebeugt an Deck und starrte auf das junge Mädchen. Aus seiner Stirn prangte ein riesiges, in sich gewundenes Horn. Sein Opfer hatte die Augen nun vor Schreck weit aufgerissen und schrie.

„Es ist ein Tiefer!", flüsterte Juha entsetzt. „Sie haben ihn wirklich gerufen. Er wird das Mädchen töten!"

„Was ist ein Tiefer?" Maria war fasziniert von dem Wesen. Ihr Herz schien zu zerspringen. Nun wusste sie, wofür sie die Einsamkeit ihres Lebens ausgehalten hatte. Wofür sie die engen, grauen Gassen ihrer Heimat hinter sich gelassen hatte, wofür sie die Einsamkeit der Minenstadt hier am Ende der Welt so lange ertragen hatte. Sie war angekommen.

„Tiefe Wesen, eine Rasse, die in den Abgründen des Meeres leben. Sie ziehen alles, was sie haben wollen in ihrem Bann. Maria, wir sollten von hier verschwinden!"Doch Maria war wie gefesselt. Sie sah den jungen Gott, mit weißem Bauch und Schwimmhäuten zwischen den Fingern, mit denen er langsam und tastend über die Haut des Mädchens fuhr.

„Er prüft sie", flüsterte Maria. „Jetzt kommt der Augenblick." Das Tiefe Wesen blickte dem wimmernden Mädchen tief in die Augen, bis es verstummte. Maria war gespannt. Sie wird seine Göttin, wenn er es will, dachte sie. Der Moment dauerte an, bis das Mädchen plötzlich zusammensackte. Wütend brüllte der Fischgott auf, hob seine mächtigen flossenähnlichen Pranken und riss das Maul weit auf. Mehrere Reihen messerscharfer Zähne funkelten im Schein der restlichen Glut.

„Jetzt bringt er sie um", flüsterte Juha entsetzt. „Dann ist es vorbei und er wird verschwinden." Maria hielt es nicht mehr aus, er durfte nicht wieder gehen. Sie stand auf, machte einen Schritt nach vorne, bevor der überraschte Juha sie zurückhalten konnte.

„Halt!", rief sie. Sie wusste nicht, warum sie es tat, ob ihr das Mädchen leid tat, das von den Männern diesem Gott von einem Fisch ausgeliefert worden war, oder ob sie einfach nur wahnsinnig geworden war. Doch das interessierte sie auch schon nicht mehr. Das Tiefe Wesen hielt inne und starrte mit seinen riesigen Fischaugen auf sie herab. Die Nonit sprangen auf, rissen an Marias Armen und zerrten sie in die Mitte. Ein paar andere entdeckten Juha, überwältigten auch ihn und versuchten ihn zu halten. Es brauchte vier Nonit, bis er aufgab. Die Kreatur starrte Maria an, die man vor ihm in die Knie gezwungen hatte. Er kam näher. Maria sah in seine runden, feuchten Augen, spürte wie seine nassen, kalten Finger über ihren Hals fuhren. Jetzt war der Zeitpunkt gekommen, dachte sie. Er würde sie wählen, würde sie zu seiner Braut machen. Sie würde sein Kind tragen. Alles ergab plötzlich einen Sinn. Ihr Leben, ihr Weg hierher, all das war ihre Bestimmung gewesen. Maria beruhigte sich. Sie spürte, wie etwas Kaltes ihren Geist berührte. Die riesigen Augen kamen näher und sie hörte seine Stimme, tief in sich. Sie vernahm fremde Worte, die sie verstand, ohne sie zu kennen. Diese Worte formten Bilder vor ihren Augen, wie eine Zukunftsvision. Die Welt um sie herum verschwand und formte sich neu. Die Nacht verging, alles wurde hell. Sie sah sich, hoch oben auf dem ersten Hundeschlitten, und sie jagten über das Eis. Der Wind streichelte ihr Gesicht, die Sonne strahlte, glitzerte im Eis. Um sie herum waren die Nonit, ihr Volk. Sie folgten ihr. Keiner würde es wagen, sie vulgär zu beschimpfen, keiner würde frech den Blick heben, denn sie war ihre Schneekönigin, sie trug das Kind des Gottes unter ihrem Herzen. Die Vision erstarb und Maria fand sich wieder in den klammen Griffen des Fischmenschen, dem eisigen Wind des Meeres schutzlos ausgeliefert. Er starrte sie an, sie sah ihm in die Augen. Was mag nun geschehen, fragte sich Maria. Wird er mir die Kleider vom Leib reißen, wie es die Männer in der dunklen Gasse taten? Ihr wäre es egal gewesen, diesmal, denn alles war anders. Doch nichts geschah. Und Maria verstand. Der Gott wartete. Die Vision war sein Angebot gewesen, eine Frage. Nun wartete er auf sie, auf ihre Antwort. Er ließ ihr die Wahl. Marias Herz hüpfte vor Freude, sie konnte sich nicht Schöneres vorstellen. Die Erfüllung war so nahe. Sie spürte die Blicke ihres künftigen Volkes auf ihrem Rücken, als sie langsam nickte und „Ja" sagte.

„Nein!" Juhas langgezogener Schrei ließ sie zusammenfahren. Mit allergrößter Kraftanstrengung wandte sie sich ab und schaute über ihre Schulter. Der wütende Bergarbeiter riss gerade beide Arme nach vorne und stieß die ihn festhaltenden Nonit mit den Köpfen zusammen. Dann kam er nach vorne gestürmt, die Wilden um ihn herum wie Kegel durch die Luft schleudernd. Maria verstand gar nicht was geschah. Sie starrte Juha an, der sich auf sie warf und aus den Armen des Fischgottes riss. Er zerrte sie an die Reling, wo sie in die schwarzen, immer noch brodelnden Tiefen des Meeres blickten. „Ich rette dich, Maria. Halt dich fest!" Mit diesen Worten umklammerte er sie und sprang mit ihr in den Ozean. „Du Idiot!", schrie Maria, als sie fielen. Unbarmherzig schlugen die eiskalten Wellen über ihr zusammen. Juhas Gewicht, der sie fest umklammert hielt, sowie ihre dicken Jacken und gefütterten Schuhe, die sich in Sekundenschnelle mit Wasser vollsogen, zogen sie unbarmherzig in die Tiefe. Kalte Dunkelheit umhüllte sie. Ein letztes Mal blitzte vor ihrem Auge die unendliche Schneelandschaft auf, fühlte sie die Weite des Eises und hörte leise, hinter dem Rauschen der Luftbläschen im Wasser, die jaulende Klage der Hunde, die die Schlitten zogen. Mit ihrem letzten, vergeblichen Atemzug, in dem Moment, in dem sich ihre Lungen mit dem schwarzen Wasser füllten, dachte sie noch einmal an ihr Leben zurück und zog ein letztes Resümee: „Verdammte Männer."

ÜBER DEN AUTOR:

Andreas Dresen, Jahrgang 1975, lebt und arbeitet in seiner Heimatstadt Aachen. Schon immer war er von fremden Welten fasziniert – von der wilden Atlantik-Küste Südirlands genauso wie von den Sagen und Legenden seiner Heimat. Und so findet sich in seinen Kurzgeschichten genauso wie in seinen Romanen eine fesselnde, gleichsam skurrile und charmante Mischung aus Fantasy-Elementen, klassischer Mythologie und einem scharfen Blick für die Kuriositäten der Gesellschaft und des Alltags. Zusätzlich zu mehreren E-Books ist neben den Phantastik-Romanen „Ava und die STADT des schwarzen Engels", „Samson und die STADT des bleichen Teufels" sowie „Das Buch des Hüters" mit „Wilhelmstadt. Die Abenteuer der Johanne deJonker. Band 1 - Die Maschinen des Saladin Sansibar" auch ein Streampunk-Roman erschienen. Weitere Werke sind in Arbeit.

http://www.andreas-dresen.de

WEITERE BÜCHER VON ANDREAS DRESEN

WILHELMSTADT - Eine dem Braunkohle-Rausch verfallene, hochindustrialisierte Stadt als Schauplatz einer verschwörerischen Intrige inmitten von Dampfmaschinen und mechanischen Gadgets.
Mitten in der Nacht versinkt die „Juggernauth" in den Fluten des Rheins. An Bord ist auch der Neffe von Kaiser Wilhelm II. Nur der Ingenieur Julius deJonker überlebt das Unglück, liegt aber unwiederbringlich im Koma.
Nur seine Tochter Johanne ist von der Unschuld ihres Vaters überzeugt. Verarmt, aber voller Entschlusskraft, macht sie sich zusammen mit Miao, einer verstoßenen Luftnomadin mit einem Dampfbein, auf die Suche nach den wahren Schuldigen. Doch der Geheime Kommerzienrat Oppenhoff setzt alles daran, ihre Suche zu vereiteln und seine Spuren zu verwischen.

Das Geheimnis der Boreas Oase

Andreas   Dresen

2.   Auflage   Dezember   2017
Umschlaggestaltung: Andreas Dresen
Titelbild: Sunrise, Antarctica © kkaplin - Fotolia.com